La fantasía de toda chica

ROBYN GRADY

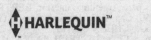

Editado por HARLEQUIN IBÉRICA, S.A.
Núñez de Balboa, 56
28001 Madrid

© 2010 Robyn Grady. Todos los derechos reservados.
LA FANTASÍA DE TODA CHICA, N.º 1860 - 20.6.12
Título original: Every Girl's Secret Fantasy
Publicada originalmente por Mills & Boon®, Ltd., Londres.

Todos los derechos están reservados incluidos los de reproducción,
total o parcial. Esta edición ha sido publicada con permiso de
Harlequin Enterprises II BV.
Todos los personajes de este libro son ficticios. Cualquier parecido
con alguna persona, viva o muerta, es pura coincidencia.
® Harlequin, Harlequin Deseo y logotipo Harlequin son marcas
registradas por Harlequin Books S.A.
® y ™ son marcas registradas por Harlequin Enterprises Limited y
sus filiales, utilizadas con licencia. Las marcas que lleven ® están
registradas en la Oficina Española de Patentes y Marcas y en otros
países.

I.S.B.N.: 978-84-9010-897-0
Depósito legal: M-12969-2012
Editor responsable: Luis Pugni
Fotomecánica: M.T. Color & Diseño, S.L. Las Rozas (Madrid)
Impresión en Black print CPI (Barcelona)
Fecha impresion para Argentina: 17.12.12
Distribuidor exclusivo para España: LOGISTA
Distribuidor para México: CODIPLYRSA
Distribuidores para Argentina: interior, BERTRAN, S.A.C. Vélez
Sársfield, 1950. Cap. Fed./ Buenos Aires y Gran Buenos Aires,
VACCARO SÁNCHEZ y Cía, S.A.
Distribuidor para Chile: DISTRIBUIDORA ALFA, S.A.

Capítulo Uno

Con las rodillas temblorosas, Phoebe Moore admiró aquellos brazos bronceados y esas dos manos tan masculinas que se disponían a quitarse la camiseta. El hombre, ajeno a la presencia de Phoebe, se levantó la camiseta hasta la cabeza al mismo tiempo que a ella se le hacía un nudo en la garganta y se le quedaba la boca seca. Después de unos abdominales perfectamente marcados, apareció un pecho ancho que el hombre se secó con la misma camiseta.

Phoebe no pudo reprimir un suspiro.

No le extrañaba que el eslogan de Brodricks Prestige Cars fuera «La emoción de tu vida».

El hombre en cuestión era Pace Davis, el consejero técnico y principal mecánico de la empresa, un hombre activo y encantador con un cuerpo de dios del sexo. Ese pecho, esas piernas… la imagen bastaba para convertir a Phoebe en un mar de deseo. Pero lo mejor, y también lo peor, era ese seductor toque de misterio. Las tres veces que se habían visto Phoebe y él, Pace había mostrado cierto interés por conocer algunos detalles de la vida de Phoebe, pero había estado muy reacio a contarle nada sobre la de él.

Phoebe imaginaba el motivo.

En el otro extremo del taller, Pace se pasó la camiseta por un brazo y luego por el otro, hasta que sintió una presencia y levantó la mirada. Nada más ver a Phoebe, le obsequió con una sonrisa increíblemente sensual. Phoebe se quedó sin aliento mientras, al tiempo que se acercaba a ella, Pace se pasó la mano por el pelo negro como el carbón y se lo alborotó.

Ese sería el aspecto que tendría por las mañanas, al despertarse, pensó Phoebe, apretándose contra el pecho la carpeta que llevaba en las manos.

Cuando el calor que le recorría las venas se concentró en su bajo vientre, Phoebe se puso recta y levantó bien la cara. Era el momento de recordar lo tarde que se había ido a la cama la noche anterior por quedarse elaborando una lista de deseos según la cual debía atreverse a todo. El primer punto de la lista figuraba subrayado en rojo:

Afirmar mi sexualidad… Encontrar al hombre perfecto. Ya.

En cierto sentido, el maravilloso Pace Davis era el candidato ideal. Si alguna vez se atrevían a trasladar al dormitorio la atracción física que había entre ambos, la química existente explotaría como dinamita. Pero había tres buenas razones por las cuales nunca ocurriría nada de eso.

Intentó recordar dichas razones mientras él la observaba con esa mirada azul eléctrico, pasó por sus hombros y por sus caderas, hasta detenerse a pocos centímetros de ella. Entonces la miró a los ojos durante unos segundos antes de hablar.

–Vaya, vaya, la señorita Phoebe Moore –dijo y frunció el ceño–. Espera… tienes algo distinto.

Phoebe se sonrojó. ¿Distinto? Como no fuera el grano que tenía en la barbilla.

–En tus ojos –añadió y esa sonrisa malévola volvió a curvarle los labios–. Por fin has cambiado de opinión y vas a dejarme que te lleve a casa.

Quizá fuera su voz grave y dulce a la vez, o la intensidad de su mirada, o el sorprendente hecho de que acabara de decir la verdad, el caso fue que Phoebe estuvo a punto de perder la cabeza. Pero no, no podía decírselo.

La primera razón por la cual no podía ocurrir nada entre ellos era que Phoebe lo conocía por motivos de trabajo. Después de haber tenido un fallido romance con un compañero de trabajo, Phoebe sabía bien los inconvenientes de mezclar los negocios con el placer. Pace Davis, sin embargo, no parecía tener el menor reparo. La noche que se habían conocido, en una fiesta para patrocinadores, él, vestido de esmoquin, le había dejado muy claro con su actitud que se sentía atraído por ella y que tenía intención de seducirla. Solo era cuestión de tiempo.

O eso creía él.

Phoebe respiró hondo y volvió a levantar bien la cara.

–No he cambiado de opinión, Pace –aseguró e incluso consiguió encogerse de hombros–. Me parece que no eres lo que necesito en estos momentos.

Pace dio un paso más hacia ella, hasta que su respiración le acarició la cara.

—¿No sería divertido comprobar si realmente es así?

Al volver a separarse de ella, el magnetismo de su cuerpo la atrajo con la fuerza de un planeta. Pero Phoebe clavó los talones en el suelo y se recordó la segunda razón por la cual se negaba a traspasar esa línea con aquel hombre prácticamente irresistible.

Al margen de que Brodricks Prestige Cars tuviera negocios con Goldmar Studios, la productora para la que trabajaba Phoebe, Pace era un seductor nato, ese tipo de hombres que coqueteaba de manera instintiva, que no necesitaba alardear de sus conquistas, pero tampoco dudaba en ir tras alguien y disfrutar después del resultado. Aquella primera noche, había estado acompañado de toda una corte de admiradoras, Phoebe estaba segura de que la única razón por la que había ido tras ella olvidándose del resto había sido porque había sido la única que no se había caído rendida a sus pies automáticamente. La segunda vez que se habían visto, en un evento parecido, había ocurrido más o menos lo mismo; muchas mujeres pendientes de él y Pace en su ambiente. Para ella, esa era prueba más que suficiente.

Por supuesto, sabía que si decidía cumplir con la lista de tareas y buscar al hombre perfecto, comenzaría una relación íntima con alguien que quizá resultara no ser el indicado, pero tomar las riendas de su vida de ese modo era algo muy distinto a convertirse en una muesca más en el cabecero de un mujeriego. Eso último se parecía mucho al error que había cometido su madre y por el que había pagado muy caro.

Lo habían pagado ella y su joven hija.

Por otra parte… lo cierto era que Pace era muy divertido y no iba a hacer daño a nadie por coquetear un poco.

—Supongo que sí que sería divertido —admitió y en cuanto vio que empezaban a brillarle los ojos, añadió—: Si cambio de opinión, serás el primero en saberlo.

Esa vez no sonrió sino que volvió a acercarse y, cuando ella echó el cuello hacia atrás, él inclinó aún más la cabeza hacia la suya. Phoebe sintió el calor de su cuerpo y sintió un estremecimiento en la piel que le pareció muy peligroso.

—¿Sabes qué es lo que me encanta de ti? —le dijo en un tono profundo que le aceleró el pulso y la respiración—. Tu capacidad para evitar lo inevitable.

Phoebe sintió una oleada de calor que le recorrió los brazos, los pechos y las piernas, especialmente el lugar que se escondía entre ambas piernas. Pace estaba demasiado cerca y su poder era tan intenso, tan peligroso, que apenas podía respirar. Unos segundos más, apenas unos milímetros y dejaría caer la boca sobre la de ella. Era el momento de recuperar la composta antes de perder la poca cordura que aún le quedaba y rendirse.

Después de tomar aire en silencio, echó un paso atrás que le ofreció la distancia necesaria y acabó con aquella peligrosa conexión.

–La recepcionista me ha dicho que te encontraría aquí –dio las gracias por ser capaz de hablar con relativa normalidad–. He venido a recoger mi coche.

El brillo desapareció de sus ojos al tiempo que se retiraba finalmente de ella. Había dejado de jugar… por el momento.

–Ah, sí –dijo mientras guardaba la camiseta en una taquilla–. Esa belleza contemporánea que parece estar pidiendo a gritos que la liberen y le den rienda suelta a toda su fuerza.

Phoebe sonrió, consciente de la doble interpretación de sus palabras, mientras él le dedicaba una mirada traviesa antes de ponerse una camiseta blanca limpia. Buscó su coche con la mirada para pensar en otra cosa.

–Era hoy, ¿verdad? –dijo después de mirar la hora, pues la habían citado a las cinco de la tarde.

–No te preocupes, no vamos a incumplir el acuerdo que tenemos con tu empresa. Mi jefe está impaciente por proporcionar un coche de lujo para la estrella de la productora Goldmar para que lo disfrute durante un año –pero a continuación bajó la cabeza y añadió–: El problema es que acabamos de saber que no dispondremos del coche hasta el lunes.

Estupendo, pensó Phoebe con rabia. Después de llegar a dicho acuerdo, ella había puesto su coche a la venta y esa misma mañana se lo había entregado a los nuevos propietarios. Normalmente no habría tenido ningún problema en no tener coche, pero ese fin de semana sí le importaba.

Y mucho.

–¿A qué hora estará el lunes?

Él la miró fijamente con una media sonrisa en los labios.

–¿Es que querías probarlo el fin de semana?

–Mañana tengo que ir a mi pueblo –que se encontraba a tres horas de Sídney.

Su tía Meg, con la que Phoebe había vivido tras la muerte de su madre hasta que se había trasladado a Sídney hacía ocho años, regresaba de viaje y Phoebe quería ir a hacerle un pequeño arreglo en la casa.

Su tía sentía verdadera fascinación por viajar a los lugares más remotos, sin embargo, los asuntos domésticos no le despertaban el menor interés, hasta el punto de que no se preocupaba por arreglar la calefacción de la casa aunque se acercase el invierno. El técnico del pueblo iría a reparar la caldera al día siguiente y Phoebe sabía que si ella no se encargaba de ello, no lo haría nadie.

Pace la observaba, apoyado en un precioso Alfa Romeo.

–No te preocupes –le dijo–. Te voy a buscar un coche que puedas utilizar hasta el lunes.

–¿De verdad? –le preguntó, animada–. ¿Podría recogerlo mañana por la mañana?

–Déjalo en mis manos –respondió él, guiñándole un ojo.

Una vez resuelto el problema, Phoebe le dio las gracias y se dirigió a la puerta que conducía a las oficinas de la empresa y a la salida.

–Espera un momento.

Phoebe se dio la vuelta de inmediato al oír de nuevo su voz, que era como la brisa del mar en un día de verano.

–¿Necesitas que te lleve a casa? –le preguntó, apartándose del coche en el que se había apoyado–. A estas horas no tienes muchas posibilidades de encontrar un taxi.

Phoebe sintió mariposas en el estómago solo con imaginarse metida en un coche con él; los dos solos en un espacio tan reducido. Se le aceleró la respiración de nuevo, pero apartó la idea de su cabeza de inmediato y esbozó una sonrisa.

–Gracias, pero no hace falta.

Él sonrió también y se encogió de hombros.

–Podríamos parar a tomar un café por el camino. Te ofrecería uno de la máquina que tenemos en el taller, pero preferiría que salieras de aquí con vida.

A Phoebe se le escapó una risilla antes de poder morderse los labios.

–La verdad es que no me parece…

–Pues a mí me parece que no deberías tener tanta prisa –replicó él, volviendo a su tono más seductor–. ¿O es que tienes algún plan especial para esta noche?

–Sí, con mi *lhasa apso*.

–Es un perro con suerte –dijo él con una sonrisa que quizá denotara cierta envidia.

Le resultó tremendamente difícil, pero Phoebe consiguió esbozar una sonrisa de agradecimiento y dar media vuelta de nuevo al tiempo que decía:

–Mañana vengo a recoger el coche.

Phoebe pensó que estaba haciendo bien al rechazar las insinuaciones de Pace, aunque, si era del todo sincera, también creía que merecería la pena dejarse arrastrar por la pasión aun a riesgo de acabar malherida. Sobre todo después del fracaso que había supuesto su última experiencia con un hombre.

Phoebe había sentido una atracción inmediata nada más conocer a su jefe hacía un año. Steve Trundy era alto, rubio y con unos músculos que brillaban como el acero después de sus sesiones de ejercicios. No conocía una mujer en toda la empresa que no quisiese salir con él, por eso cuando se lo había pedido a ella, Phoebe se había derretido y había aceptado la invitación.

Su primer encuentro había tenido lugar en una sala de control, cuando ya todo el mundo se había marchado. Y había sido un completo desastre para ella. Phoebe le había echado la culpa al temor a que alguien pudiera descubrirlos, por eso cuando Steve le había propuesto hacer una escapada romántica durante el fin de semana, ella se había mostrado encantada. Pero había vuelto a sentir la misma tensión y la misma incomodidad que en la sala de control.

Le había resultado desconcertante. Steve era inteligente, atractivo y fuerte, así que sin duda la culpa había sido de ella.

Phoebe no se había rendido, segura de que la cosa cambiaría y empezaría a sentir y a disfrutar más. Le había enseñado lo que le gustaba en la cama y se había esforzado en hacerle disfrutar también a él. Pero la situación no había mejorado demasiado y había llegado un punto en el que Phoebe había empezado a evitar cualquier situación que pudiese dar lugar a cierta intimidad. Se había convencido a sí misma de que estaba enamorada de él, pero, ¿cómo era posible si cada vez que la tocaba, se ponía en tensión?

Después de nueve meses, dos semanas y tres días, Phoebe se había derrumbado y le había confesado que echaba algo en falta en la relación: entre ellos no había conexión, ni deseo. Se había sentido fatal y le había suplicado a Steve que no se culpara de nada.

Él no lo había hecho en absoluto. De hecho no había dudado en decirle que a él tampoco le gustaba acostarse con ella. Le había dicho que era demasiado seria y también había utilizado la palabra aburrida. Al final había afirmado que sentía mucho… que Phoebe tuviera problemas con el sexo y cuando ella había intentado defenderse, Steve había señalado que ni la lava de un volcán podría encender su pasión.

Phoebe habría respondido a semejante insulto de no haber sido porque sabía que tendría que ver a Steve a diario en el trabajo. Cada vez que se encontraba en la misma habitación que él, no podía evitar recordar que prácticamente la había llamado frígida y se le helaba la sangre en las venas. Después solía decirse a sí misma que no tenía ningún problema, que simplemente no eran compatibles sexualmente. A veces ocurría.

Pero a medida que pasaba el tiempo y pensaba en su historial romántico, empezó a preguntarse si habría algo de cierto en aquellas acusaciones. Había tenido otras relaciones íntimas, aunque no muchas, y lo cierto era que nunca había disfrutado de esa pasión volcánica, capaz de hacerla gritar de placer, que sin duda existía.

La noche anterior, sentada a solas en su apartamento, había decidido que ya estaba bien de torturarse por ello. ¡Había llegado el momento de hacer algo! Tenía que acabar con las dudas. Con veintiséis años y sin ninguna experiencia sexual memorable, necesitaba saber que era capaz de sentir esa pasión arrolladora que hacía que a una mujer se le saliera el corazón por la boca y pidiera más y más. Había leído sobre esa clase de euforia, e incluso había soñado con ello un par de veces. Había otras mujeres que lo sentían.

¿Por qué no iba a hacerlo ella?

Pero Pace no era la solución, por tentador que fuera. No solo estaba claro que le rompería el corazón, ¿qué pasaría si resultaba que Steve tenía razón y realmente no era capaz de sentir que la tierra temblaba bajo sus pies y que su cuerpo era sacudido por una especie de descarga eléctrica? La relación con Steve había sido un fracaso, pero Phoebe lo había superado sin problemas.

Con Pace sería muy distinto.

Cada vez que él la miraba, Phoebe podía ver y sentir su deseo, un deseo que la atraía y que la hacía sentir como una especie de diosa. Si se acostaba con él y era otro desastre, el deseo de su mirada dejaría paso a la decepción. O, aún peor, a la lástima.

Phoebe aceleró el paso con un escalofrío.

No iba a dejar que eso ocurriera. No estaba dispuesta a sentir semejante humillación. Esa era la tercera razón por la que debía alejarse al máximo de él.

Phoebe cruzó el salón donde se exponían todos aquellos vehículos propios de jeques árabes y estrellas de cine: Bentley, Ferrari, Rolls-Royce… ¿Cómo sería tener tanto dinero? Igual que le ocurría a la inmensa mayoría de la población mundial, nunca lo sabría.

Ya en la calle, el viento de la tarde le sacudió el pelo con la misma fuerza con la que arrastraba las hojas que cubrían el suelo de otoño. La gente iba de un lado a otro apresuradamente mientras el cielo empezaba a adquirir un tono oscuro, preparándose para la noche.

Levantó el brazo para parar un taxi, pero el vehículo pasó de largo. Lo mismo le ocurrió con el segundo y con el tercero. Cinco minutos más tarde vio aproximarse un cuarto taxi y se dispuso a hacerlo parar fuera como fuera. Además de estirar el brazo, lo movió enérgicamente, el taxi aminoró el paso. Phoebe se aproximó al bordillo de la acera con una sonrisa en los labios, sin ver la moto que acababa de adelantar al taxi y se disponía a parar. Tampoco vio a la persona que conducía dicha moto hasta que se acercó a la acera y la agarró del brazo.

¿Qué demonios?

–Suélteme –ordenó al tiempo que trataba de soltarse–. ¿Qué cree que está haciendo?

Lo primero que le hizo sospechar fue la camiseta blanca que se le veía bajo la chaqueta de cuero. Lo segundo lo vio cuando se levantó el visor del casco y apareció esa sonrisa pecaminosa y seductora. Lo tercero fue una voz que se parecía a la brisa de verano.

Pace Davis se echó hacia atrás y aceleró la moto.

–Pues me preguntaba si habrías cambiado de opinión sobre lo de dejar que te llevara a casa.

–Eres tú –Phoebe abrió la boca y volvió a cerrarla unos segundos antes de decir nada más–. No sabía que tuvieras moto.

Se quitó el casco y se pasó la mano por la barbilla, cubierta de barba de un día.

–La tengo desde hace ya unos años –se echó hacia delante para dejarle sitio–. Vamos, sube.

–Yo… no voy de paquete en moto.

–¿No lo haces, o no lo has probado nunca?

Phoebe sintió un escalofrío al imaginarse de pronto los muslos pegados al metal caliente de la moto, abrazada a su cuerpo fuerte como el granito, los pechos apretados contra su espalda. La sencilla idea de estar tan cerca de aquel fruto prohibido hizo que se tambaleara un poco y que, por un momento, le faltara la respiración.

Se odió a sí misma por ruborizarse.

–Da lo mismo, tengo un taxi esperándome –dijo y señaló… un espacio vacío.

No tardó en ver su taxi incorporándose al tráfico con otro pasajero dentro. A ese paso, no llegaría nunca a casa. Volvió a mirar a Pace y se le aceleró el pulso al encontrarse sus ojos clavados en ella. Meneó la cabeza lentamente.

–No es buena idea.

–No te voy a secuestrar, solo voy a llevarte a casa.

Claro. Por eso volvía a tener ese brillo de malicia en la mirada.

–Vamos, relájate un poco –la provocó–. Vas a ver como te gusta el paseo. Me apuesto mi mejor herramienta.

La cabeza empezó a darle vueltas solo de pensar que podría ganar la herramienta más preciada de semejante hombre.

Phoebe evaluó el atuendo que llevaba: un vestido color crema por encima de las rodillas y sandalias de romano con diez centímetros de tacón. No era el vestuario más adecuado para montar en moto.

Él la miró con gesto desafiante.

–Deja de pensar y hazlo, Phoebe.

Bajó la mirada desde sus ojos azules hasta esos labios que parecían estar pidiendo un beso. El olor a grasa se mezclaba con el aroma de su loción de afeitado y de toda una jornada de trabajo, un aroma que la envolvió y le hizo olvidar cualquier vergüenza. Tenía razón, estaba exagerando. Solo iba a llevarla a casa, no significaba nada.

Sin embargo no pudo evitar ponerse nerviosa al pensar en agarrarse a él, ponerle las manos en esos bíceps que parecían esculpidos en piedra. Debía de estar muy duro… estaba para chuparse los dedos, más de lo que jamás habría soñado.

Pace sonrió como si estuviera leyéndole los labios y tomó la decisión por ella; le quitó la carpeta de las manos y la puso en un bolsillo que había en un lateral de la moto. Phoebe no tuvo más remedio que aceptar el casco que él le daba y la mano con la que la ayudó a subirse.

–Agárrate fuerte –le dijo–. Muy fuere.

Al ponerse en marcha, Phoebe no pudo contener una risilla de emoción que se le escapó de los labios.

Solo había una manera de describir a Phoebe Moore: sexy.

Pace tumbó la moto ligeramente para dar una curva mientras se reafirmaba en lo que ya pensaba. Sintió sus dedos en la cintura, sus muslos cálidos y sus pechos firmes. Aceleró un poco más con una sonrisa en los labios.

No había duda. Cada vez que se veían Phoebe le parecía más atractiva. Era guapa, pero no presumida. Atrevida y, al mismo tiempo, tímida. Abierta sin ser apabullante. Dios, era muchas cosas. En resumen, la deseaba y, a pesar de que se empeñara en volverlo loco con ese sinfín de excusas, no había más que mirarla a los ojos para saber la verdad.

Ella también lo deseaba.

Siguiendo las indicaciones que ella le daba con la mano, llegaron hasta un edificio de apartamentos situado en una buena zona al norte de la ciudad. Apoyó un pie en el suelo y, con el corazón acelerado, vio cómo se bajaba ella de la moto. Se estiró el vestido, se le había subido hasta esos muslos deliciosos, se quitó el casco y se movió la melena rubia. Había soñado con aquel cabello, pero esa noche tenía intención de tocarlo.

—Gracias por traerme —le dijo al tiempo que le daba el casco con una enorme sonrisa en los labios—. Debo admitir que ha sido… divertido.

Pace sintió un hueco en el estómago al imaginar todas las cosas divertidas que podrían hacer juntos.

Echó un vistazo a su alrededor. No había pintadas, ni basura fuera de los cubos o las papeleras y olía a cordero asado.

—Bonito barrio —comentó, mirándola de nuevo.

—Tuve suerte de encontrar un lugar cerca del centro y que pudiera pagar —hizo un gesto hacia el parque que había enfrente—. Hay muchas zonas verdes y buenos restaurantes. La verdad es que tiene muchas posibilidades.

Pace se sumergió en aquella sonrisa.

Él también veía muchas posibilidades.

—He visto un restaurante japonés al pasar —dijo, tratando de concentrarse.

—Sí, yo voy mucho a cenar. Tienen el pescado más fresco de la ciudad… —se detuvo de pronto como si se sintiera avergonzada o se hubiese decepcionado a sí misma—. Bueno, no a todo el mundo le gusta el sushi.

—Para mí lo importante es el ambiente —respondió Pace—. Si sirven bien, la luz es la adecuada y estoy con alguien especial —se imaginó con ella en un rincón del restaurante, acariciándose y besándose–... Bueno, lo normal es que me quede satisfecho.

Ella enarcó ligeramente las cejas.

–Ya me imagino –murmuró.

Pace frunció el ceño al ver cómo se refrenaba de nuevo a sí misma y de sus ojos desaparecía ese brillo de entusiasmo. Estuvo a punto de dejar caer la moto e ir tras ella al ver que se disponía a alejarse.

–¿Te vas?

–Ya te he entretenido demasiado –le dijo ella sonriendo antes de darse media vuelta–. Gracias otra vez por traerme.

Mientras la veía subir los escalones de entrada al edificio, Pace sonrió para sí. Si quería hacerse la difícil, él tendría que aguzar su inventiva. Le gustaban los desafíos y siempre conseguía lo que se proponía.

O casi siempre.

Estaba a punto de ponerse en marcha cuando sintió la vibración del teléfono móvil. Gruñó al ver quién era. Por el amor de Dios, el fin de semana ya había empezado. ¿Qué querría su hermano?

En realidad, era su medio hermano. Su padre se había casado en segundas nupcias después de que su primera esposa muriera al dar a luz y, en ese segundo matrimonio había tenido otro hijo, que era Pace. En un mundo perfecto los dos hermanos se habrían hecho inseparables, pero lo cierto era que Pace y Nicholas Junior siempre habían competido por todo, incluso por la atención de su atareado padre. Ahora que los dos eran adultos, las cosas no habían cambiado demasiado.

–Hola, Nick –lo saludó Pace después de respirar hondo.

Nick no perdió el tiempo con cortesías.

–¿Has hecho algo con el problema de la entrega del Bugatti? Necesito saberlo antes del lunes a las once. Sin falta.

Seguramente seguía sentado en su despacho, rodeado de papeles y el pelo alborotado de tanto pasarse la mano. Completamente feliz, en su ambiente.

–¿Sigues ahí?

Pace apretó los dientes.

–Sí, aquí estoy.

–Podrías mostrar un poco más de interés –protesto su hermano mayor.

–Y tú podrías relajarte un poco.

–¿Qué tiene de malo querer que las cosas se hagan bien?

Pace contuvo la respiración unos segundos antes de responder con la mayor calma posible.

–Déjalo, Nick.

Estaba harto de que le recordara cosas veladamente.

Cinco años antes, Pace había ocupado el cargo de presidente del negocio familiar, Brodricks Prestige Cars, pero no porque sintiera debilidad por las cifras o por las reuniones; simplemente porque era lo que había estipulado su padre en su testamento antes de morir. El hijo menor había tenido que aceptar un ascenso que no había buscado, a pesar de que Nick, que tenía mayor habilidad para la contabilidad, había demostrado ser el más adecuado para el puesto. Pace, que, con sus estudios de ingeniería, era más pragmático que académico, estaba de acuerdo.

No era ningún secreto que había disfrutado al máximo de la vida que le había permitido su herencia. Había salido mucho, había vivido experiencias inolvidables y había estado con mujeres increíblemente atractivas. Pero también tenía su lado malo.

Lo que a él le gustaba realmente era hablar de coches, estudiar el motor y probar los vehículos clásicos que vendían y alquilaban en la empresa: Jaguar, McLaren, Mercedes, Porsche… Lo que mejor se le daba era el diseño y el trabajo práctico; detestaba pasarse horas frente a un ordenador y no había tardado mucho en notarse, no tanto en su comportamiento como en los libros de contabilidad de la empresa. Tras dos años bajo su batuta, los beneficios de la empresa no habían sido los esperados. La gota que había colmado el vaso había sido un par de errores que había cometido Pace con unos fondos de inversión en el extranjero.

En la siguiente reunión de la junta directiva, Pace había intentado mantener la cabeza bien alta, pero lo cierto era que habría deseado que lo tragara la tierra. Él no había pedido aquel trabajo, un puesto que le había llegado siendo muy joven para esa clase de vida. Su padre debería haberse dado cuenta en lugar de presionarlo constantemente. Todo habría ido mejor si se hubiese concentrado en lo que se le daba mejor y hubiese dejado el resto a los demás.

Ni estaba de acuerdo, por supuesto.

Su hermano se había hecho cargo de todo con una sonrisilla de suficiencia en los labios mientras Pace había huido de la atención mediática. Utilizando otro nombre, había pasado dos años viajando por el mundo, investigado coches de lujo. Había regresado a Australia impaciente por hacerse cargo de la parte técnica del negocio. Pero se había acostumbrado a su nueva identidad y a la calma que le proporcionaba no tener que enfrentarse a la prensa, por eso había mantenido su nuevo nombre, Pace Davis, en lugar de recuperar el original, Davis Pace Brodrick.

Nick afirmaba que su padre había dejado la empresa en manos de Pace porque era su favorito y se negaba a ver la verdadera lógica de la decisión de su padre: Pace no solo entendía de coches, eran su pasión, igual que le había pasado a su padre. Esa había sido su salvación. Nick era el cerebro económico de la empresa, pero Pace siempre había sido y sería el corazón de Brodricks.

Lo que significaba que siempre trataba de hacer lo mejor para el negocio y, siempre que era posible, controlaba su genio en lo que se refería a su hermano.

–Tendrás todos los datos el lunes a primera hora –prometió y luego trató de cambiar de tema–. ¿Qué tal Amy?

La prometida de Nick era un encanto.

Pero Nick siguió en sus trece.

–La reunión es a las once, así que nos veremos a las ocho, con toda la información –y colgó.

Pace apretó los labios, pero aun así se le escapó una maldición mientras se guardaba el teléfono. Nick y él siempre habían tenido una relación muy competitiva y siempre la tendrían. No podían borrar el pasado. Por mucho que deseara creer en cuentos de hadas, sabía que nunca se llevarían bien. La triste realidad era que ninguno de los dos quería que fuera así.

Volvió a ponerse el casco y pensó en algo mucho más agradable… su relación con la chispeante Phoebe Moore. A juzgar por el modo en que se había marchado hacía un momento, tendría que esperar para que dicha relación adquiriese un cariz más íntimo.

Apenas se había puesto en marcha cuando recordó la carpeta que, como un regalo del cielo, seguía en el compartimento de la moto. En su rostro se dibujó una sonrisa bajo el casco.

Parecía que la suerte estaba de su lado.

Capítulo Dos

Phoebe entró a su apartamento, dejó el bolso y, después de encender la luz, se dejó caer sobre el sofá.

¡Vaya paseo!

¿Qué haría Roz Morelli cuando se enterara de que su mejor amiga había llegado a casa a lomos de la moto de un hombre guapísimo? Gritaría de envidia, eso haría. Phoebe apenas podía creérselo todavía.

Después de estar abrazada a él durante tantos minutos, tenía la cabeza llena de imágenes peligrosas. Apenas tenía que cerrar los ojos para ver el espectacular cuerpo de Pace, pero no delante de ella, sino encima, con una mano a cada lado de su cabeza y con una mirada en el rostro que no era necesario explicar con palabras. Imaginó sus labios expertos sobre los de ella, los movimientos de su lengua, y el deseo que ya había sentido antes por él no hizo sino crecer en su interior.

Se aferró a aquella imagen solo unos segundos más, luego abrió los ojos y agarró la lista que había confeccionado la noche anterior. Leyó de nuevo el primer punto: «Encontrar al hombre perfecto. Ya».

Había llegado a la conclusión de que Pace no podía ser ese hombre. Entre ellos había una relación de trabajo, él era un mujeriego y, quizá lo peor…

Sintió un escalofrío.

¿Qué pasaría si eran un desastre en la cama? No podría soportar ser incapaz de disfrutar incluso con un hombre del calibre de Pace. Y menos aún el tener que ver la decepción en su mirada cada vez que lo viera. Sin duda era un hombre que esperaba encontrar la satisfacción en todos los aspectos de su vida y Phoebe tenía la sensación de que lo esperaría especialmente en su relación con el sexo opuesto. Después del modo en que había intentado seducirla, de manera casi despiadada, se le ponían los pelos de punta solo de pensar que lo suyo no funcionara en la cama.

Si bien era cierto que con solo verlo se le disparaba la temperatura, eso no garantizaba que todo fuera a salir bien cuando estuvieran desnudos y a solas. Ya era bastante duro tener que ver a Steve y recordar la vergüenza que le habían hecho sentir sus palabras, por eso se negaba a correr el riesgo de tener que enfrentarse a la misma humillación cada vez que viera a Pace. No merecía la pena. Lo más sensato era que siguiese siendo una fantasía.

Llamaron a la puerta. Phoebe se puso en pie y fue a abrir con una sonrisa en la boca, segura de que sería la señora G. Su vecina y casera era una anciana tremendamente habladora que olía a perfume de los setenta, pero adoraba a Hannie, el perro de Phoebe, y se lo cuidaba mientras ella estaba trabajando, por lo que Phoebe le estaba muy agradecida. La señora G tenía llave de su casa, pero siempre tenía la delicadeza de llamar antes de entrar.

Pero al abrir la puerta y ver quién había al otro lado, Phoebe se quedó inmóvil, sin respiración y sin fuerza en las piernas. Pace Davis la saludó con una sonrisa y con esa actitud tan relajada y sexy que parecía innata.

–Sorpresa –le dijo, apoyado en el marco de la puerta.

La mirada de Phoebe bajó desde sus ojos hasta la carpeta que sujetaba con una mano.

–Ay, Dios, se me había olvidado por completo.

–Pensé que podrías necesitarla.

Dentro había una programación del rodaje del día siguiente. No quería ni pensar en lo que habría sucedido si Steve se hubiese enterado de que había acudido al trabajo sin preparar dicha grabación. Desde que habían roto, Steve era muy duro con ella y buscaba cualquier oportunidad que pudiera servirle para despedirla.

–Gracias –dijo Phoebe agarrando la carpeta–. Otra vez.

–Bueno, pasaba por aquí –bromeó él–. Vi tu luz encendida…

Además de sexy, era sencillamente encantador.

Pace se inclinó ligeramente hacia ella, que, al sentir el aroma de su cuerpo y una punzada en el vientre, se echó atrás. Tenía que deshacerse de él antes de que hiciera algo impulsivo que quizá acabaran lamentando los dos.

–Bueno, entonces te veo mañana por la tarde cuando vaya a por el coche –le dijo.

–Allí estaré –apoyó una mano en el marco de la

26

puerta, por encima de su cabeza–. ¿Tienes rodaje por a mañana? –ella asintió–. ¿De qué va ese programa, SLAMM?

Phoebe se mordió el labio para no sonreír, pues estaba segura de que Pace ya sabía de qué se trataba, pero quería oírselo decir otra vez. No iba a darle la satisfacción de verla ruborizarse.

–Se llama *Sexo, amor y quizá matrimonio*. Participan parejas que tienen una relación y están considerando la idea de casarse.

–Ahora lo recuerdo. Lo había visto en el informe de los patrocinadores. Algún día debería ir a ver cómo se rueda.

–Dime cuándo quieres ir. Estoy segura de que el productor querrá acompañarte.

–Preferiría que me acompañaras tú –respondió él, mirándola fijamente a los ojos.

Volvió a sentir ese pinchazo en el vientre. No era que no quisiera acompañarlo, o invitarlo a entrar en ese momento; sería tan fácil ofrecerle una copa y dejarse llevar por el deseo de besarlo.

Besarlo y mucho más.

Un sonido lejano la obligó a volver a la realidad. Miró a su alrededor con cierta confusión, era el teléfono.

–Discúlpame un momento –murmuró antes de agacharse a rebuscar en el bolso que había dejado en el suelo, pero cuando por fin encontró el móvil, ya se había cortado la llamada.

Un segundo después le llegó un mensaje de texto: «¡Llámame inmediatamente!».

Steve.

Phoebe frunció el ceño.

¿Qué se suponía que había hecho ahora?

–¿Malas noticias? –preguntó Pace, observándola.

–Por decirlo suavemente.

–Me parece que necesitas distraerte –se quedó mirándola hasta que vio que en su boca se adivinaba algo parecido a una sonrisa–. Agarra tu abrigo y ven conmigo.

Phoebe estaba deseando irse con él, también tenía ganas de llamar a Steve y decirle que madurara de una vez y se comportara con un poco de educación. Estaba harta de ir a trabajar con miedo a sus comentarios y a sus contestaciones, pero no iba a renunciar a un trabajo que le encantaba. Y Steve tampoco parecía tener intención de irse a otra parte.

Lo tenía bien empleado por mezclar el trabajo con el placer.

Observó el hermoso rostro de Pace, que esperaba una respuesta.

No iba a cometer otra vez el mismo error.

–Es mejor que no lo hagamos, Pace –dijo meneando la cabeza.

Él echó los hombros hacia atrás con una determinación palpable.

–Quiero probar algo –afirmó con la misma intensidad–. Tócame.

Phoebe dio un paso atrás, horrorizada. Y tentada.

¿Tocarlo? No podía hacerlo. No iba a hacerlo.

Abrió los ojos de par en par al ver que se estaba quitando la chaqueta.

–No te molestes en buscar excusas –le dijo él–. ¿A que tenía razón con lo de traerte en moto? Estabas preocupándote sin motivo y te ha gustado el paseo.

Phoebe clavó la mirada en su pecho y, al ver que no podía hablar, se pasó la lengua por los labios, repentinamente secos. Volvió a intentarlo rezando para que no se le quebrara la voz.

–E… era distinto.

–Es lo mismo –dejó caer la chaqueta, los cierres chocaron contra el suelo–. Te lo prometo.

Le ardían las mejillas y sentía las rodillas peligrosamente débiles. Quería alejarse, demostrarle que hablaba en serio y que esa vez había ido demasiado lejos.

–No comprendo qué tiene esto que ver con…

Se quedó muda al sentir que le había agarrado la mano.

–Te lo explicaré. No hay nada de malo en que nos sintamos atraídos el uno por el otro. No hay nada de qué avergonzarse, ni de qué preocuparse. No tengo antecedentes penales y no soy doctor Jeckyll y Hyde. Haz solo esto y, si te sientes incómoda, me iré y no volveré a mencionarlo nunca más. Te doy mi palabra.

Phoebe estaba atrapada en sus ojos, embelesada.

Era una locura, pero lo creyó.

Además, podría aprovechar aquel desafío.

Le seguiría el juego y, si no sentía nada, conseguiría que Pace se alejara para siempre y ella habría satisfecho la curiosidad que le despertaba aquel hombre. Era la oportunidad perfecta para probar a tener un contacto más íntimo con él sin correr el riesgo de hacer el ridículo. No tendría por qué ir más allá si no lo deseaba.

O si no lo deseaba él.

Después de pensarlo por un momento, asintió y dejó que él le llevara la mano hasta su pecho.

Sintió un inmediato zumbido en todo el cuerpo. Algo se contrajo en su interior y se le cerraron los ojos.

La invadió el calor.

Fue… maravilloso.

Se oyó suspirar a sí misma y eso la obligó a abrir los ojos. Lo encontró mirándola fijamente, tenía la situación bajo control. Parecía sentirse tan superior… y eso le resultó muy molesto. ¿Qué se sentiría sabiéndose tan bueno?

Apartó la mano y lo miró con la cabeza bien alta.

–¿Satisfecho?

–Aún no hemos terminado.

Le agarró las dos manos con las suyas y volvió a ponérselas en el pecho mientras sus ojos se le colaban hasta el alma.

–Ahora pon la cara contra la mía.

En su interior saltaron todas las señales de alarma.

–No puedo –dijo ella, casi gritando.

–Dame un motivo para no hacerlo –respondió él con una sonrisa hipnótica en los labios.

–Eres… –volvió a pasarse la lengua por los labios mientras el corazón amenazaba con salírsele del pecho–. Eres demasiado alto.

Pace se rio al tiempo que se inclinaba hacia ella.

–Pon tu mejilla contra la mía.

Sintió la vibración de su voz en los dedos y en el resto del cuerpo. Si no daba ese paso, siempre se preguntaría qué habría sentido.

Se movió con cuidado hasta sentir el roce de su cara y ese delicioso aroma que la embriagó de inmediato. La habitación comenzó a dar vueltas a su alrededor.

Le pesaban los párpados. Movió la cara de manera instintiva y él hizo lo mismo, lo que le provocó un sorprendente latido entre las piernas, como si algo volviera a la vida.

Su barba le hizo cosquillas cuando él giró la cabeza. Sintió el roce de su nariz en la suya justo antes que el de sus labios, entreabiertos. Todo su cuerpo se estremeció al notar la vibración de su voz contra la sien.

–Tengo razón, Phoebe. Admítelo.

El beso húmedo y cálido que le dio en la sien desató un torbellino de sensaciones y de deseo. Temblaba mientras esperaba sus labios, su beso...

¿Esperar?

Abrió los ojos de golpe y todas aquellas maravillosas sensaciones se volatilizaron de golpe.

La puerta estaba abierta, pero Pace y su chaqueta de cuero ya no estaban.

Capítulo Tres

Hacia las doce menos cuarto del día siguiente había acabado el rodaje del sábado de SLAMM.

Se habían apagado los focos y el equipo estaba retirando parte del escenario. Desde la última fila de las gradas, Pace Davis observaba y esperaba pacientemente.

Escondida entre bambalinas, Phoebe apretó los puños mientras se mordisqueaba el labio inferior. Hasta mediados del rodaje no se había percatado de que Pace había seguido su sugerencia de ir cuando quisiera a ver un rodaje. Había formado parte del público del programa y, con su presencia, había desestabilizado seriamente a Phoebe.

Había aprovechado cualquier oportunidad para mirarlo como estaba haciéndolo ahora. ¿Eran imaginaciones suyas, o se había pasado la mayor parte del tiempo distraído, absorto en unos pensamientos que no parecían demasiado agradables? Pero cada vez que se habían encontrado sus miradas por encima de las cabezas del público, había recuperado la intensidad y a ella habían vuelto a temblarle las piernas. Era impresionante que, incluso rodeados de tanta gente, reaccionara a él de un modo tan abrumador y peligroso. El brillo que había en su mirada hizo que Phoebe se preguntara si tenía pensado algún otro juego y darle el beso que no había llegado a darle la noche anterior.

Mientras se tragaba los nervios que le atenazaban la garganta, Phoebe vio que Pace se ponía en pie y miraba a su alrededor con gesto expectante. Le había molestado que la noche anterior la dejara allí de pie, esperando. No, no le había molestado, la había puesto furiosa.

La noche anterior había tenido ante sí la oportunidad perfecta para dar un paso más, Phoebe había estado dispuesta e impaciente por besarlo. La duda era si se habría atrevido a ir más allá si aquel beso hubiera sido un rotundo éxito. ¿Habría llegado a ese punto en el que la pasión era capaz de borrar cualquier inhibición?

Pace ejercía un profundo efecto en ella. La noche anterior apenas había pegado ojo recordando cada momento. Se había preguntado una y otra vez qué habría ocurrido si, en lugar de marcharse, Pace la hubiera besado apasionadamente. Y, cada vez que se lo preguntaba, sentía un extraño ardor en el vientre que daba cuenta de su deseo.

El mismo deseo que sentía en ese momento.

Respiró hondo, salió de detrás del telón y lo miró a los ojos. Al verla, él esbozó una de esas sonrisas que siempre conseguían acelerarle el pulso.

Phoebe sonrió también, dejándose llevar por ese delicioso calor. Bajo la blusa de seda rosa que llevaba, sintió un cosquilleo en los pezones. Su cuerpo le decía lo que su mente sabía ya, lo que siempre había sabido. Nadie podía estar seguro de si otra persona iba a hacerle ver fuegos artificiales, pero, a juzgar por lo que les había pasado hasta ahora, todo parecía indicar que lo suyo con Pace sería explosivo.

Claro, que lo mismo había pensado de Steve y solo había que ver cómo había terminado.

Mientras lo veía bajar, Phoebe respiró hondo varias veces para buscar un poco de calma. Se había prometido a sí misma que no volvería a contaminar su entorno laboral con asuntos sentimentales. Había jurado que no cometería el mismo error que su madre y no se dejaría manipular por un chico malo, por un hombre tan seguro de sí mismo, tan atractivo y tan sexy que era capaz de enamorar a cualquier mujer. Sin embargo y a pesar de todas esas promesas, mientras lo veía acercarse, Phoebe solo podía pensar en una cosa…

Continuar donde lo habían dejado la noche anterior. No le importaba lo que ocurriera después, quería saber qué se sentía al notar el roce de su boca mientras sus manos la apretaban contra sí. Prácticamente podía sentir sus caricias, sus dedos colándosele bajo las braguitas para encontrar ese rincón húmedo entre sus piernas.

Tuvo que abanicarse con el programa de rodaje y luego se colocó bien el bolso en el hombro. Las cosas empezaban a calentarse y a complicarse demasiado. Ese continuo tira y afloja, ese pensar todo el tiempo si debía o no debía hacerlo, estaba volviéndola loca.

Cuanto antes saliera de allí y se alejara de Pace, mucho mejor.

Se encontraron junto a las gradas y, como era de esperar, la sonrisa de Pace resultaba aún más poderosa estando cerca de él.

Tan cerca que podría tocarlo.

Y besarlo.

Llevaba una camisa blanca con las mangas subidas, por lo que se podía adivinar la fuerza de sus brazos. ¿Habría alguna vez que no estuviera tan sexy?

Phoebe se dio cuenta demasiado tarde de que tenía la mirada clavada en él y, por el modo en que sonrió, Pace también lo notó. Se aclaró la garganta y bajó la vista, pero le ardían las mejillas. El resto de mujeres del público no tenían tantos reparos en mirar descaradamente a aquel hombre tan atractivo que solo parecía tener ojos para ella.

En aquel momento, ella era su objeto de deseo. Phoebe dio un paso atrás. No era ni el momento ni el lugar.

—Bueno, ¿te ha gustado el programa? —le preguntó en tono despreocupado, aunque con gran esfuerzo.

—Mucho, pero me alegro de que haya terminado.

—¿Y eso?

—Porque significa que ya estás libre.

Al ver esa sonrisa con la que pretendía arrancarle la ropa, Phoebe se las arregló para ocultar cualquier indicio que le revelara que se estaba derritiendo por dentro de una manera muy agradable.

—No por mucho tiempo, tengo que ir al pueblo, ¿recuerdas?

–Claro –le hizo una especie de reverencia y le indicó el camino hacia la salida–. Señora, su coche la espera.

Phoebe sonrió al comprender lo que quería decir. Le había llevado el coche que le iba a prestar su empresa para que ella no tuviera que ir hasta Brodricks. Quizá fuera un chico malo, pero lo cierto era que se le daba bien comportarse como un caballero.

–Te lo agradezco mucho –le dijo con total sinceridad.

–A lo mejor puedes hacerme un favor a cambio.

El corazón le dio un vuelco, otra vez habían saltado las alarmas. Cruzó los dedos a la espera.

–Cuenta con ello, a menos que implique tener que ponerte las manos en el pecho.

Pacè se echó a reír.

–Veo que sigues empeñada en negarlo.

No estaba negando nada, era perfectamente consciente del poder que ejercía sobre ella. Y conocía bien el peligro que conllevaba. Pero, ¿sería lo bastante sincero para confesarle qué motivaba realmente su interés por ella?

–Quizá puedas contribuir a que deje de negarlo –le dijo–. ¿Por qué no me dices por qué estás tan empeñado en que tú y yo… seamos…?

–¿Amantes? –terminó él y ella asintió–. Está bien. Te lo diré.

Phoebe no tuvo tiempo de pensar, de huir, o de decirle que lo que estaba a punto de hacer no estaba bien, claro que tampoco eso lo habría detenido. Estaba desafiándolo a admitir que su insistencia se debía más al hecho de que era un reto que a cualquier posible cualidad suya, excepto quizá su afán de resistirse a él, cuando de pronto sintió sus manos fuertes en los brazos tirando de ella. Ni siquiera tuvo tiempo de ponerse nerviosa antes de que ocurriera lo que tanto había imaginado. La experiencia resultó ser mil veces más emocionante y arrolladora de lo que jamás habría soñado.

Al sentir su boca contra los labios, se apoderó de ella un deseo tan impetuoso que le cortó la respiración. El terremoto empezó en el vientre, pero le recorrió el cuerpo entero hasta dejarle la mente en blanco. Solo podía sentirlo a él, su olor, su sabor, su deseo.

La apretó contra sí al tiempo que su boca se abría paso entre los labios.

Pero no era necesario que se abriera paso porque Phoebe se abrió a él sin la menor resistencia. De hecho, soltó el papel que tenía en la mano y, como si no pudiera controlar el impulso, le puso las manos en el pecho y jugueteó con los botones de la camisa, impaciente por arrancárselos y así poder acariciar su piel.

Cuando su boca la abandonó, Phoebe siguió con los ojos cerrados y las manos en su pecho.

–¿Contesta eso a tu pregunta? –le dijo una voz profunda y llena de seguridad.

Ella abrió los ojos por fin. Estaba aturdida. ¿Seguía estando en el mundo?

Poco a poco fue recuperando la conciencia y se dio cuenta de dónde estaba. Y entonces descubrió una realidad aún más aterradora.

La sala estaba en completo silencio, pero no vacía. Ni mucho menos.

Había al menos cincuenta personas con la mirada clavada en ellos. Algunos los miraban boquiabiertos, otros sonriendo como si estuvieran locos y varias mujeres los observaban con envidia.

Phoebe notó que le faltaban las fuerzas, le temblaban las manos y, cuando pensaba que iba a desmayarse de la vergüenza, una vocecilla rompió el silencio.

—Mamá, esa mujer tiene mala cara. A lo mejor papá debería hacerle también el boca a boca.

No podía soportarlo. Se le doblaron las rodillas.

En el mismo instante que echó mano a la barandilla de las gradas para no caer al suelo, Pace la levantó en brazos. Se oyó un murmullo. Había permitido que las sensaciones se apoderaran de ella en un momento de debilidad. Se había rendido por completo.

Y le había gustado… como sin duda había notado todo el mundo.

Se tapó la cara con las manos porque apenas soportaba la idea de acabar de besar a un hombre delante de sus compañeros de trabajo y del público del programa.

Pero al mismo tiempo, lamentaba que el beso hubiese terminado tan rápido y su cuerpo aún no se había recuperado del efecto de la magia.

Pace echó a andar mientras ella seguía con la cara tapada y, poco a poco, se alejó el sonido del estudio. Cuando reunió el valor necesario para salir de su escondite, Pace estaba cruzando el enorme vestíbulo de los estudios Goldmar, llevándola en brazos como si pesara lo mismo que un saco lleno de plumas.

Desde el otro lado del mostrador de recepción, Cheryl observó la escena con curiosidad. Las fotografías de las estrellas de la productora parecían observarlos también desde las paredes. Phoebe aún no se había acostumbrado a ver su imagen en aquella enorme fotografía. Cuando Steve Trundy se enterara de lo sucedido, querría hacerla añicos y abrirle un expediente.

Pace se detuvo frente aquel primer plano gigante y lo analizó detenidamente.

–Es una buena foto, pero no retrata del todo –una vez dicho eso, bajó la mirada para observar el original–. Tienes mucho más brillo en los ojos.

Después de la vergüenza que le había hecho pasar, Phoebe solo quería recuperar el control de la situación.

Nunca nadie la había besado de ese modo. Aún estaba temblando como si hubiera sufrido una descarga eléctrica. Habría preferido que no ocurriera en un lugar público; de hecho no sabía si podría superar la vergüenza de haber perdido el control delante de tanta gente. Pero no podía negar que la experiencia había sido todo un regalo para su confianza en sí misma. El calor que había despertado Pace en ella, no habría sido posible si fuera tan fría como Steve le había dicho. Y tenía la sensación de que Pace era capaz de encender un fuego mucho mayor.

Así pues, se limitó a sonreír. Él sonrió también y se dirigió a la puerta. Momento en el que Phoebe volvió a sentir pánico.

—¿Qué haces? —le preguntó—. ¿Dónde me llevas?

Lo había besado, sí, pero no le había dado carta libre para hacer todo lo que quisiese.

—Ya te he dicho que quería que me hicieses un favor.

Sí, se lo había dicho. Phoebe había imaginado que pretendía volver a jugar con ella y hacer que le pusiera las manos en alguna parte, cosa que había hecho.

Ya fuera del edificio, vio un deportivo negro que parecía salido de una película de James Bond. ¿Ese era el coche que iban a prestarle en Brodricks? Se imaginó a sí misma al volante y a Pace en el asiento del copiloto, camino del paraíso.

Respiró hondo y se preguntó si realmente quería protestar.

—¿Podrías explicarme qué clase de favor es?

—Digamos que... —la miró rápidamente y le guiñó un ojo—. No duele.

Vaya, era bueno saberlo.

—Sea lo que sea, ya puedes dejarme en el suelo.

—Podría, pero me estoy divirtiendo mucho.

Phoebe lo miró con la boca abierta, halagada y sorprendida.

—No te rindes, ¿verdad?

—No cuando sé que tengo razón. Dime que no te ha gustado el beso.

En lugar de responder, Phoebe miró hacia otra

parte, pues sabía que no necesitaba que se lo confirmara.

Él inclinó la cabeza, fingiendo que no oía bien.

–Perdona, ¿has dicho algo?

Le rozó la cara con su mejilla y todo el cuerpo de Phoebe reaccionó de inmediato como si estuviese programado para responder cada vez que hubiera la más remota posibilidad de contacto físico con aquel hombre.

Deseaba pedirle que tuviera compasión de ella, pero más aún deseaba seguir sintiendo esa emoción que despertaba la idea de seguir a su lado. Porque, si besaba así, ¿cómo sería en todo lo demás? ¿Cómo sería Pace Davis dejándose llevar por completo por su instinto animal? Si él no podía hacerle ver fuegos artificiales, no podría hacerlo nadie.

Volvió a acelerársele el corazón y cerró los ojos de nuevo al sentir el roce de sus labios. Sintió que se le disparaban los pezones bajo la blusa.

–Dilo –le pidió, mordisqueándole el labio inferior y acariciándoselo después con la lengua–. Dime que quieres que vuelva a besarte.

Phoebe se instó a sí misma a pensar en las consecuencias que habría si todo salía mal, pero la necesidad de rendirse era mayor que la de seguir respirando.

¿Qué demonios?

Le echó los brazos alrededor del cuello y se estiró hasta alcanzar su boca. Para bien o para mal, estaba preparada para dar el siguiente paso.

Capítulo Cuatro

Oyó el comentario a su espalda.

–Espera un momento, voy a vender entradas.

Inmersa en un beso que, aunque pareciera imposible, era mejor aún que el primero, Phoebe se había olvidado por completo de la realidad, pero volvió a ella bruscamente. Estaba frente a los estudios Goldmar besándose apasionadamente con un hombre que podría acabar siendo su salvador o su perdición.

Phoebe se separó de Pace y tuvo que parpadear dos veces antes de ver bien lo que tenía delante, momento en el que se le encogió el estómago. Allí estaba Steve Trundy, impecable con su traje a medida y sus gafas de sol de diseño. Se las quitó para que Phoebe pudiera ver el desprecio que había en su mirada.

–Si has terminado… –comenzó a decir su jefe, pero entonces miró al hombre que la acompañaba y se quedó boquiabierto–. ¿Davis?

–Phoebe me invitó a ver la grabación del programa –le explicó Pace con total naturalidad, como si se hubiesen encontrado en el supermercado.

Steve enarcó una ceja mientras Pace dejaba a Phoebe en el suelo.

–Veo que lo has pasado bien.

Pace sonrió.

–Yo estaba seguro de que sería así.

Steve estuvo a punto de sonreír. Phoebe prácticamente podía leer sus pensamientos. No sería sensato enfrentare al director de una de las empresas que más dinero proporcionaba a la productora en publicidad. Le gustaba mucho su trabajo como para hacer enfadar a los administradores.

Así que optó por volver a centrar su atención en Phoebe.

–Ayer no me devolviste la llamada.

Phoebe sintió la tensión de Pace. Steve le hablaba con su habitual condescendencia, pero no necesitaba que Pace la defendiera, podía hacerlo sola, con calma y dignidad. No quería dar motivos a Steve para fastidiarla más de lo que ya lo hacía.

–Lo siento, no debí oír el teléfono –mintió, encogiéndose de hombros.

–Tenemos que hablar –Steve se guardó las gafas de sol en el bolsillo–. En realidad, tú solo tendrás que escuchar.

No podía creer que alguna vez hubiese pensado que estaba enamorada de ese tipo tan arrogante y pagado de sí mismo.

–Ahora mismo no tengo tiempo…

–Te sugiero que lo busques –gruñó Steve.

–Supongo que no lo has oído –intervino Pace, que parecía dispuesto a estallar–. Phoebe tiene prisa.

Steve apretó la mandíbula mientras evaluaba la

situación. Su oponente le sacaba por lo menos una cabeza, era más fuerte y transmitía un poder irrefutable. Si Steve comenzaba una pelea, sería Pace el que la terminaría.

Finalmente, optó por hundir las manos en los bolsillos del pantalón con gesto conciliador.

–No tengo ningún problema contigo, Davis, solo quiero hablar con mi empleada.

–Me parece que ya ha salido del trabajo –respondió Pace, sonriendo sin el menor sentido del humor.

Steve lo miró con los ojos encendidos, pero luego sonrió también y se acercó a decirle algo, de hombre a hombre.

–Yo que tú no perdería el tiempo –arrugó la nariz como diciéndole, «yo lo hice y no merece la pena».

Mientras Phoebe apretaba los puños, Pace le respondió.

–Gracias por el consejo. Yo también tengo uno para ti –le avisó antes de acercarse un poco más, quedando sobre él–. Si vuelvo a oírte hablar así, te rompo la cara.

Phoebe se metió en el Aston Martin en cuanto Pace le abrió la puerta del copiloto. Parecía aturdida. Pace se sentó al volante y se abrochó el cinturón de seguridad sin dejar de resoplar. El inesperado encuentro que había tenido esa mañana con su hermano y las horas que había pasado en el estudio pensando en ello lo habían puesto de humor para responder a ese cretino. Cualquiera que se atreviera a insultar a una mujer necesitaba una buena lección. Casi le daba lástima que Trundy no hubiese mordido el anzuelo.

–Lo siento –murmuró Phoebe–. A veces Steve se comporta como un imbécil.

–No tienes por qué disculparte –Pace puso el motor en marcha–. Quizá ante ti misma, porque deduzco que entre vosotros ha habido algo más que una relación profesional.

–Fue un error –se limitó a decir ella, con la mirada perdida en la ventanilla.

Estaba claro que se había quedado corta al describirlo como error.

–Yo tengo la norma de no mezclar el trabajo con el placer.

–¿Y yo soy una excepción?

Pace la miró frunciendo el ceño.

–Tú y yo no trabajamos juntos.

–Pero nos conocemos por el trabajo. Tu empresa patrocina mi programa –replicó ella.

–Yo no soy el encargado de publicidad. Solo asistí a esa fiesta en la que nos conocimos porque mi her…

Se mordió la lengua antes de terminar la palabra. Phoebe no tenía por qué saber tanto de él y, sinceramente, no le apetecía hablar de ello.

–El presidente de la empresa –corrigió–, no podía ir. Nick era el encargado de aprobar los presupuestos de publicidad. Pace aprobaba los coches–. Además, espero que no me metas en la misma categoría que a ese cretino.

Recordó la insinuación de Trundy, estaba tan fuera de lugar que no pudo evitar sonreír.

–¿Qué te hace tanta gracia?

–Trundy –dijo–. Que me haya intentado decirme que no mereces la pena.

Si Phoebe Moore era frígida, él se ponía alitas y zapatillas de ballet por las noches.

La vio mirarlo de reojo, con cautela.

–¿Por qué estás tan seguro de que se equivoca?

–Si quieres, paro y te lo demuestro.

El modo en que reaccionaba cuando la besaba era prueba más que suficiente. Se abría a él instintivamente, lo que resultaba muy excitante, por decirlo suavemente. Phoebe no era frígida, era ardiente.

El hecho de que le hubiera permitido besarla por segunda vez le hacía creer que por fin empezaba a convencerse de que debían dar rienda suelta a aquella atracción y dar el siguiente paso de una vez por todas. Sería un crimen dejar sin terminar lo que habían empezado hacía un rato, por eso le daba rabia que tuviera que marcharse.

Claro que siempre les quedaba la posibilidad de continuar al día siguiente. Llevaba mucho tiempo esperando aquel privilegio, así que no le importaba esperar un poco más.

Justo en ese momento sonó el teléfono móvil de Phoebe y, mientras Pace conducía, la sonrisa de ella se transformó en un gesto de sorna. Casi esperaba que fuera Trundy, estaba deseando dar media vuelta y demostrarle a ese imbécil que la amenaza iba en serio.

Phoebe sacó el teléfono del bolso y respondió.

–¡Ay, no! ¿Está bien? –al ver que Pace la miraba con preocupación, Phoebe asintió y se pasó una mano por el pelo–. Claro que lo comprendo, Wendy. Gracias por decírmelo.

–¿Algún problema? –le preguntó en cuanto hubo colgado.

–Ya no tengo que ir a Tyler's Stream.

Pace enarcó ambas cejas. A veces los deseos se hacían realidad. Podrían pasar el día juntos. Se habría alegrado mucho más si Phoebe no pareciera tan contrariada.

–¿Qué ocurre?

–Esta tarde había quedado con un técnico del pueblo para que terminara de hacer un trabajo en casa de mi tía. La que ha llamado era su esposa; parece ser que Darryl se ha caído limpiando un tejado y se ha roto una pierna.

Pace hizo una mueca de dolor.

–¿Qué trabajo estaba haciendo en casa de tu tía?

–Se le rompió la calefacción a finales del invierno pasado. Ella creyó que podría aguantar sin ella, pero acabó en el hospital con una neumonía. Finalmente le pidió un presupuesto a Darryl y le encargó una pieza que lleva meses esperando en el sótano.

–Parece que a tu tía no se le da muy bien resolver los problemas domésticos –ella asintió a tal resumen–. Entonces tu plan para hoy era asegurarte de que por fin quedaba arreglada la calefacción antes de que llegue el invierno, ¿no?

Phoebe volvió a asentir.

–Meg vuelve del extranjero en menos de un mes y no quiero arriesgarme a que acabe de nuevo en el hospital –echó un vistazo a su teléfono–. Tendré que llamar a otra persona para que venga el fin de semana que viene.

–Yo podría arreglarlo.

–Te lo agradezco, pero es una caldera, no un motor V8 –le dijo con una sonrisa.

–Para un mecánico, es prácticamente lo mismo.

Se quedó pensativa un momento.

–No puedo pedirte que lo hagas.

Pero estaba claro que deseaba hacerlo. Tan claro como que le preocupaba el bienestar de su tía. Por supuesto que Pace quería pasar más tiempo con ella y tener la posibilidad de volver a besarla. Pero también quería ayudarla.

–No me lo has pedido, te lo he ofrecido yo.

–Está un poco lejos.

Volvió a ponerse en marcha.

–Me gusta conducir.

–No sé qué tal le sentará a mi perro. No está acostumbrado a tener que compartirme.

–No le morderé a no ser que lo haga él primero.

Phoebe esbozó una fugaz sonrisa.

–Acepto… con una condición.

Si la condición era que no volviera a besarla, Pace no pensaba aceptar.

–Dispara.

En su precioso rostro apareció una sonrisa desafiante.

–Que me dejes conducir en algún momento.

No podría haber planteado mejor condición que esa.

–Trato hecho.

Phoebe abrió la puerta de su apartamento al tiempo que le explicaba:

–Mi perro no está acostumbrado a la gente, así que a veces es un poco difícil cuando no conoce a alguien.

–No te preocupes. Crecí rodeado de perros.

Antes de dejarle entrar, Phoebe le dijo con la mirada que no lo había entendido.

El cachorro estaba tumbado en el sofá y, al ver a su dueña, comenzó a mover el rabo eufóricamente, pero entonces vio a Pace. La cola se quedó inmóvil. Empezó a gruñir y luego saltó del sofá en dirección a Pace.

–¡Hannie! –le gritó Phoebe–. Compórtate.

El perro se tumbó en el suelo y apoyó el hocico entre las patas delanteras. Pace sonrió. El pobre solo trataba de defender a su dueña. Lo comprendía. Seguro que no se había llevado nada bien con Trundy.

–No tardaré nada –dijo Phoebe abriendo una puerta que seguramente comunicaba con su dormitorio–. Voy a cambiarme y a meter un par de cosas en una bolsa.

–Muy bien –respondió Pace–. Así Hannie y yo podemos ir conociéndonos.

Una vez a solas con el perro, Pace se sentó en el sofá y lo invitó a acompañarlo.

–¿Qué te parece si tú y yo planteamos abiertamente cualquier preocupación? Así después podremos concentrarnos en pasarlo bien los tres juntos –volvió a dar una palmada en el sofá para que el perro fuera a su lado–. ¿Amigos?

El perro fue hasta él, pero lo que hizo fue lanzarle una dentellada a la mano, que Pace retiró de inmediato.

–¿Qué pasa ahí fuera? –preguntó Phoebe desde otra parte de la casa.

Pace no respondió, estaba ocupado comprobando que seguía teniendo todos los dedos.

–Nada, solo nos estamos haciendo amigos –dijo poco después, mientras Hannie seguía enseñándole los dientes.

La escena le recordó al encuentro que había tenido con Nick esa mañana, un enfrentamiento más de una larga lisa.

Pace llevaba oyendo toda la vida que su hermano y él se parecían mucho. Quizá se parecieran físicamente, pero por dentro no podrían haber sido más distintos. Nick era un hombre de números, mientras que él vivía para experimentar una y otra vez la descarga de adrenalina que le provocaban distintas cosas, sobre todo los coches. Era precisamente ese amor a los coches, que había compartido con su padre, el motivo por el cual había dejado la empresa en sus manos antes de morir.

Nicholas padre llevaba preparando a su hijo menor desde la adolescencia y Pace se había alegrado de que le prestara tanta atención y lo creyera apto para tan alto cargo. Nicholas padre había sido un hombre de tanto carácter que todo el mundo se había esforzado siempre por tenerlo contento.

Pero una parte de Pace, la más escondida y secreta, había lamentado tener que aceptar un puesto para el que no estaba del todo preparado, un trabajo que nunca podría hacer tan bien como su hermano, con su fantástica formación financiera. Ahora, cada vez que veía a Nick, recordaba con gran dolor lo acertada que había sido su predicción.

Siempre habían competido en todo, ya fuera en el tenis o en los asuntos de chicas, pero sobre todo por la atención de su padre.

Se había encontrado con Nick al ir a buscar el Aston Martin para Phoebe. Su hermano había vuelto a pedirle la información que necesitaba para el lunes, le había insistido en que no quería errores y le había sugerido que lo comprobara todo bien antes de entregárselo.

En ese momento alguien llamó a la puerta y apareció Phoebe para abrir. Pace tuvo que respirar hondo mientras la rabia dejaba paso al deseo de verla con el cabello suelto y una sonrisa angelical en los labios. Estaba impaciente por pasar el resto del día con ella, aunque fuera con ese chucho.

Phoebe le abrió la puerta a una anciana.

—¡Buenos días, señora G!

—No quiero molestar —dijo la señora después de que Pace la saludara con un leve movimiento de cabeza. Al verla, el perro salió corriendo hacia ella, que lo tomó en sus brazos—. ¿Qué tal estás, precioso?

Pace tragó saliva con cierto repelús mientras la anciana y el perro se daban besos.

–No interrumpe nada, señora G –aseguró Phoebe, acompañándola hacia la zona de estar.

–Quería saber si ibas a necesitarme este fin de semana.

–Pues la verdad es que nos vamos al campo ahora mismo.

–¿A casa de tu tía? –adivinó, después de lanzar una mirada de desconfianza hacia Pace–. Debe de estar muy bonito en esta época del año.

Phoebe hizo un gesto hacia Pace.

–Le presento a Pace Davis, un amigo.

La viejecita lo miró de nuevo.

–¿Le gustan los perros, señor Davis?

–Claro –respondió desenfadadamente–. Calientes, con mostaza y pepinillo –se echó a reír, pero dejó de hacerlo al ver que nadie le seguía. Bueno, quizá había sido un mal chiste.

Después de mirarlo de arriba debajo de nuevo, la señora G se dirigió a Phoebe.

–También quería avisarte de que el miércoles tengo un compromiso por la tarde.

–Entonces pasaré a buscar a Hannie lo antes posible –le prometió Phoebe.

La señora G le dio otro beso en la cabeza al perro.

–Pórtate bien y no persigas a los zorros –volvió a mirar a Pace y le dijo–. Espero que no sea necesario decirle que se porte bien también.

Pace esbozó una amplia sonrisa.

–Hace años que no persigo zorros.

–Adiós, señora G –intervino Phoebe para acompañar a la puerta a la malhumorada mujer y, una vez se hubo marchado, se volvió hacia Pace–. Es encantadora cuando se la conoce bien.

–No lo dudo –respondió él sin demasiada convicción.

Phoebe le dio una palmada en el hombro antes de dirigirse a la cocina a agarrar provisiones para el viaje.

Entretanto, Pace aprovechó para echar un vistazo al apartamento. Un par de pinturas surrealistas en las paredes, aire acondicionado y muebles cómodos. Vio una lista sobre la mesita de centro y la agarró.

Muy típico de una mujer organizada como Phoebe. Ya estaba haciendo la lista para las Navidades.

Ojeó la lista rápidamente antes de volver al principio y detenerse en el primer punto. «Encontrar al hombre perfecto. Ya».

Pace soltó un silbido de sorpresa. ¿Cuántas mujeres le pedirían eso a Santa Claus?

Comprobó que Phoebe seguía ocupada en la cocina y volvió a mirar la lista.

Seguramente no era un deseo tan extraño. Estaban en el siglo XXI. Se suponía que las mujeres debían tener una carrera de éxito, pero era difícil hacerlo con el hombre perfecto y dos hijos a cuestas. Dios, él estaba a punto de cumplir los treinta y aún no estaba ni mucho menos preparado para tal compromiso. Salir con varias personas era siempre una buena alternativa… para los dos sexos.

Si encontrar pareja era el principal deseo de Phoebe, solo había dos explicaciones posibles para el hecho de que llevase semanas haciéndose la difícil con él. O era un juego de seducción, como él siempre había creído, o no lo consideraba adecuado para el puesto de hombre perfecto.

Los dos besos que se habían dado seguramente habían resuelto sus dudas.

Capítulo Cinco

La calefacción de su tía por fin iba a quedar arreglada. Hannie aún no había intentado morder a su guapísimo acompañante. Pace y ella estaban pasándolo bien juntos, a pesar de haber dejado de lado su coqueteo habitual. En contra de lo que podría haber esperado, estaba resultando ser un buen día.

Pero cuando se encontraban a medio camino de Tyler's Stream, el estado de ánimo de Phoebe experimentó un cambio.

Iban por un tramo tranquilo de la autopista, en un coche que era el sueño de cualquier conductor, cuando empezaron a caer gotas sobre el parabrisas. Phoebe miró por el retrovisor. No había ningún coche detrás, ni tampoco delante, pero de todos modos redujo la velocidad.

–¿Quieres que conduzca o tienes intención de monopolizar el volante durante todo el viaje? –le preguntó Pace mientras elegía otro CD de la carpeta que había llevado Phoebe.

Llevaban dos horas escuchando música mientras Hannie dormía plácidamente en el asiento trasero. Habían hablado de cine, de viajes y de muchas otras cosas, pero, por suerte, Pace no había mencionado nada de lo ocurrido por la mañana, ni los besos, ni el desastroso encuentro con Steve Trundy. Quizá no quería distraerla mientras estaba al volante de un coche tan caro.

Debía de tener mucha influencia en Brodricks para haber conseguido que le prestaran semejante vehículo. Era todo un placer conducirlo; tenía muchísima fuerza y a la vez era suave. Pero después de dos horas, a Phoebe no le importaba cambiar. Además, no le gustaba demasiado conducir con lluvia.

–Creo que voy a parar en la próxima estación de servicio.

Apenas había dicho aquellas palabras cuando vio una enorme mancha borrosa delante de ellos. El corazón le dio un vuelco antes de reaccionar y pisar el freno.

Era un canguro monstruoso. Dios sabía qué daños podría ocasionarles, tanto al coche como a los pasajeros, si chocaban con él. Y no creía que el animal sobreviviera.

Oyó maldecir a Pace al tiempo que el coche se detenía con una sacudida, pero sin derrapar, gracias a sus magníficos frenos. Todo habría ido bien si el canguro hubiese seguido saltando hacia los matorrales, pero en lugar de eso, se detuvo en medio del pavimento. Phoebe vio sus ojos, mirándola, por el parabrisas. Se le heló la sangre en las venas.

Iban a chocar.

Phoebe dio un volantazo e hizo girar el coche.

Todo ocurrió muy rápido y, sin embargo, ella tuvo la sensación de ver la escena a cámara lenta. Se agarró al volante con todas sus fuerzas, pero sentía que iba de un lado a otro como una muñeca de trapo. Como si estuviese atrapada en una pesadilla sin fin, no podía gritar.

Cuando el coche se detuvo por fin, Phoebe tenía los nudillos blancos de tanto apretar el volante, le temblaban las piernas y el vehículo miraba hacia el norte en lugar de hacia el sur.

No podía moverse, ni siquiera parpadear, así que se quedó allí sentada, mirando al frente, tratando de asimilar lo que acababa de ocurrir mientras el corazón le latía en la garganta. De pronto se abrió la puerta del conductor, Phoebe levantó la mirada y se encontró con Pace mirándola con el ceño fruncido.

–Déjame –le pidió–. Tenemos que quitarnos de la carretera antes de que venga otro coche.

Phoebe tardó varios segundos en comprender; miró el asiento vacío que tenía al lado y finalmente pasó por encima de la palanca de cambios para dejar sitio a Pace, que se sentó al volante, dio la vuelta al coche y lo aparcó en el arcén.

Después de mirarla solo unos segundos, Pace le pasó un brazo por detrás de la cabeza y tiró de ella hasta hacerle apoyar la cara en su pecho. Refugiada contra él, Phoebe sintió un sinfín de emociones.

Alivio, pero sobre todo, una infinita gratitud. No habían chocado y no habían resultado heridos, ni nada peor. Sintió ganas de abrazarse a él y no volver a soltarlo nunca más.

Él la miró de nuevo, examinándola de pies a cabeza.

–¿Estás bien?

Le temblaba el cuerpo entero y, si intentaba hablar, seguramente le castañearan los dientes. Nunca había tenido un accidente de coche, pero su madre sí. De la peor clase.

Con el peor resultado posible.

Le faltaba el aire. Abrió la boca para respirar, pero no pudo frenar la lágrima que le cayó por la mejilla. Pace se acercó un poco más para frotarle la espalda.

–Tranquila –le susurró al oído mientras le acariciaba el pelo–. No ha pasado nada.

Phoebe concentró toda su atención en su calor y en su fuerza. De pronto le parecía que Tyler's Stream estaba muy cerca; la invadieron los recuerdos... buenos y malos. Había crecido en un hogar feliz, rodeada de amor.

Sí, estaba bien. Estaba más que bien.

Pero, ¿qué habría sido de ella sin su tía Meg?

Una hora más tarde, Pace tomó un desvío que conducía a una casa que parecía de piedra y que estaba algo aislada del resto de pequeño pueblo de Tyler's Stream... el lugar en el que había crecido Phoebe. Las nubes habían vuelto a disiparse y había salido el sol.

Phoebe no había hablado mucho durante el resto del trayecto y Pace también había estado bastante apagado.

El susto que se habían llevado habría afectado el ánimo de cualquiera, pero por suerte, nadie había resultado herido y el coche no había sufrido ningún daño. Phoebe no olvidaría jamás la sensación de estar a punto de chocar con aquel enorme canguro. Tampoco olvidaría cómo la había abrazado Pace después.

Había aceptado su consuelo de buena gana, sin sentirse débil ni tonta; de hecho le agradecía que no la hubiese soltado hasta estar bien seguro de que estaba preparada. Resultaba extraño pensar en lo mucho que había cambiado su relación desde las cinco de la tarde del día anterior. Había visto otra faceta de aquel rompecorazones, una faceta que le gustaba mucho.

Hannie se había vuelto a dormir sin problemas después del susto, pero en cuanto se paró el motor pegó un salto para salir del coche y, una vez le abrieron la puerta, salió corriendo hacia la casa.

Pace se echó a reír.

–¿Siempre se entusiasma cuando llega aquí?

–Sí –respondió Phoebe–. Le encanta venir.

Phoebe miró a su alrededor y de pronto se sintió transportada al pasado. Todo seguía igual. Los mismos visillos de encaje en las ventanas, la puerta lacada del mismo rojo de siempre. El aire fresco y misteriosamente embriagador; no había una sola fábrica, ni tráfico que contaminara el ambiente. Los olores que percibía eran los de la tierra húmeda, los eucaliptos y los pinos, aromas que le traían a la memoria largos paseos, risas y, a veces, lágrimas.

Pace sacó del maletero del coche la caja de herramientas que habían pasado a recoger de Brodricks. En cuanto Phoebe abrió la puerta de la casa, Hannie fue corriendo a su rincón preferido, debajo del póster autografiado de Jimmy Hendrix que había a un lado de la chimenea de piedra.

Pace se quedó en el centro del salón, mirando a todas partes: una pirámide de meditación en un rincón, cristales que colaban de los marcos de las puertas y multitud de discos de vinilo perfectamente archivados junto a un viejo tocadiscos.

–Que lugar tan… –comenzó a decir sin expresión alguna–, extraño –Phoebe se echó a reír y él sonrió aliviado de que lo hubiese entendido–. Es como viajar en el tiempo.

–Bienvenido al santuario de los sesenta –le dijo Phoebe moviendo el brazo en el aire.

–Sexo, drogas y rock and roll, ¿no?

–Creo que Meg preferiría paz, amor y rock and roll –señaló un reloj con la figura de Elvis, que movía las caderas con cada tic-tac–. Mucho rock and roll.

Al pasar junto a un aparador, Pace vio una fotografía de la que sin duda Meg se sentía muy orgullosa; aparecía resplandeciente con su atuendo hippy, tumbada sobre el símbolo de la paz junto a su amiga Janis Joplin. Primero puso cara de escepticismo, pero agarró el marco para observar bien la imagen y después arqueó una ceja.

–Veo que tu tía Meg es una mujer de mundo.

–Digamos que es una persona sociable. Te sorprendería saber quiénes se cuentan entre sus amigos hoy en día.

–Supongo que te encantaría venir por aquí a pasar las vacaciones –dijo, mirando de nuevo a su alrededor.

Phoebe estaba retirando la sábana que cubría una butaca cuando cayó en la cuenta de lo que acababa de decir.

–¿De vacaciones? No, yo me crié aquí –vio su gesto de incomprensión; claro, no sabía nada–. Viví aquí sola con mi tía desde que murió mi madre, yo tenía cuatro años.

A Pace se le descompuso la cara al oír eso.

–Phoebe… lo siento mucho –dejó la foto en su sitio y volvió a mirar a Phoebe–. ¿No tienes hermanos?

Phoebe meneó la cabeza al tiempo que doblaba la sábana. Desde luego era triste, porque le habría encantado tener una hermana pequeña a la que mimar y cuidar, alguien con quien jugar y compartir ropa y recuerdos. Lo cierto era que le daba envidia la gente que tenía hermanos.

–¿Y tu padre? –siguió preguntándole Pace.

Hizo tintinear unos cristales al tirar la sábana sobre una silla con la intención de retrasar un poco la respuesta. No le gustaba mucho hablar de padres.

–Yo no tengo padre.

–¿Quieres decir que no lo conoces? –dijo él con gesto tranquilo.

Phoebe corrió una cortina para abrir la ventana del salón.

–¿Qué diferencia hay? Para un niño es lo mismo no conocer a alguien y que esa persona no haya existido nunca.

De pequeña se había preguntado muchas veces cómo sería tener un papá para ella sola. Siempre se había sentido diferente cuando iba a casa de sus amigos y los veía con sus papás y sus mamás. En el colegio se había dado cuenta de que también había mucha gente que la consideraba diferente; ser hija ilegítima era para muchos un pecado, al menos en un pueblo tan pequeño como aquél.

En el instituto todo se había vuelto muy difícil.

Aquellos recuerdos le despertaban sensaciones desagradables. Prefería concentrarse en el presente.

Se volvió hacia Pace y vio que la miraba con gesto comprensivo, pero ella quería volver a ver el brillo seductor en sus ojos.

—La caldera está por aquí —anunció alegremente, empeñada en cambiar de tema, y lo condujo a una escalera que conducía al sótano—. ¿Cuánto crees que tardarás?

Pace la siguió, herramientas en mano. Le rozó levemente el brazo al pasar junto a ella, pero bastó para provocarle un escalofrío y hacerle recordar el roce de sus labios.

—Te lo diré cuando termine —le dijo Pace en cuanto ella encendió la luz—. Podría tardar cinco minutos o toda la noche —y desapareció escaleras abajo.

Treinta minutos después, Pace apretó una última tuerca y se alejó para examinar el resultado. Con un poco de suerte, la tía Meg no volvería a pasar frío.

Guardó las herramientas mientras observaba el sótano lleno de cajas, libros y todo tipo de objetos. Cada cosa tenía su lugar. Caminó al piso superior, pensó en que a él también le gustaba tenerlo todo en su lugar; ya de niño había sido muy organizado y en la universidad, sus dibujos de ingeniería habían sido perfectamente exactos y minuciosos. Siempre comprobaba al máximo cualquier cálculo.

Nick también era así cuando analizaba el mercado de valores en busca de nuevas inversiones.

Sí, Nick y él también tenían cosas en común.

Pero eran tan distintos.

Buscó a Phoebe en el salón y en la cocina, donde se dio cuenta de que estaba hambriento después de haber dicho que no cuando ella le había ofrecido bajarle algo de comer o de beber.

Ni rastro de Phoebe.

Estaba a punto de continuar avanzando por el pasillo cuando vio una colección de fotos que atrajeron su atención. Se acercó al mueble donde se encontraban las imágenes. En una aparecía una mujer joven y bella que se parecía mucho a Phoebe, posando ante la cámara con un bebé en brazos. Tenía unos inconfundibles ojos verdes y el cabello rubio claro.

En la siguiente foto aparecía una muchacha de inusual belleza con un rostro que Pace reconoció de inmediato. Era Phoebe con unos nueve o diez años, subida a un columpio colgado de un enorme árbol y con una sonrisa tan enorme que sus ojos eran apenas dos rayitas. Llevaba algo brillante en la mano que parecía una navajita.

Pace sintió una extraña emoción.

Aquella era la niña que había crecido sin padres.

Pasó el dedo por el cristal que protegía la fotografía.

El padre de Pace siempre había sido un hombre muy ocupado, pero ni Nick ni él lo habían echado en falta cada vez que lo habían necesitado realmente. Por eso le resultaba tan difícil imaginar lo que era crecer sin la presencia de un padre.

Sin embargo Phoebe no había tenido ni padre ni madre, bien era cierto que había contado con su tía. Pero aun así.

Mientras observaba las fotografías no pudo evitar apretar los dientes.

¿Qué clase de hombre abandonaba a su hija?

Phoebe entró a la casa por la puerta de atrás y, al ver aquella figura masculina en la cocina de Meg, sintió un pequeño sobresalto. No estaba acostumbrada a ver hombres en aquella casa.

—Pace, me has dado un susto de muerte —dijo, después de respirar hondo.

Él también parecía asombrado.

—Ya he terminado con la caldera —anunció al tiempo que dejaba una foto sobre el mueble—. Estaba buscándote.

—Estaba atrás.

—¿Atrás?

Con un gesto, Phoebe se hizo seguir hasta el exterior de la casa.

El olor de los eucaliptos, los pinos y las flores silvestres inundaba el aire. Era un lugar precioso. Y sin embargo Phoebe apenas había podido esperar para marcharse del pueblo. Al margen de su tía, nunca había sentido que su hogar estuviese en Tyler's Stream.

—Cuando tenía diecisiete años Meg y yo arreglamos esta casita, que se suponía era para el servicio —le explicó mientras lo conducía a una especie de cabaña situada en un rincón del jardín trasero—. Me encantaba tener mi propio espacio donde escuchar la música que quería y tener mis cosas. Pero también tenía responsabilidades; limpiaba, cocinaba…

Se había sentido tan mayor. Pero jamás había sobrepasado los límites llevándose a chicos o algo así. Nunca habría traicionado la confianza de Meg, pero, sobre todo, no había querido acabar como su madre: ciega de amor y después, embarazada y sola. Cualquier niño merecía tener dos progenitores. A ella le habría gustado tener al menos uno.

—Es muy acogedor —comentó Pace al ver el interior de la casita. Observó la alfombra frente a la chimenea y los enormes almohadones que había alrededor. Pero al llegar a la mesa, se le abrieron los ojos de par en par—. ¡Ahí está!

Phoebe miró y sonrió. Se refería a la cesta de la comida.

—Veo que ahora sí estás listo.

Ella había querido decir listo para comer, pero vio el brillo que apareció en su mirada ante la doble interpretación de sus palabras. Lo miró a los ojos y sintió un escalofrío, porque no era la primera vez que veía esa mirada. Quería decir que deseaba algo y lo deseaba ya y, en ese momento, la deseaba a ella. Esa misma mañana ella también había creído desearlo, pero después del susto que se habían llevado en la carretera…

Se sentía más cauta. Algo nerviosa.

—¿Café o cacao? —le preguntó mientras encendía la cocina.

Al ver que no respondía, se volvió a mirarlo.

Pace la miró unos segundos como si estuviera tratando de decidir, pero entonces se acercó a ella y no se detuvo hasta que estuvo a solo unos milímetros de su boca. Phoebe lo miró a los labios, a punto de curvarse en una sonrisa, y de pronto sintió el irrefrenable impulso de acariciarle la cara, de sentir el roce áspero de su mejilla. Seguía estando tensa, pero la cercanía de Pace hacía que le resultara imposible controlar el deseo que sentía por él.

—Creo que prefiero un cacao —dijo él con voz profunda, mirándola a los ojos un momento antes de volver la cabeza hacia la chimenea—. Casi hace frío suficiente para encender el fuego —levantó la vista hasta el altillo donde se encontraba la cama, luego volvió a mirarla y a sonreír—. ¿Qué te parece?

Phoebe tragó saliva.

Sabía lo que estaba pensando: cacao, fuego y luego unas sábanas suaves. No podía culparlo después de aquellos besos tan explosivos.

El deseo fue creciendo en su interior, invadiéndolo todo. La nuca, los pezones, la punta de los dedos… todo se estremecía. A pesar de las dudas, de la inseguridad que le provocaba su experiencia con Steve, tenía la sensación de que acostarse con Pace Davis sería lo más fácil y natural del mundo.

—Tengo una idea —dijo él de repente—. Pero necesitamos un par de cosas.

¿Como aceite de masaje?

—¿Tienes un termo?

Phoebe parpadeó.

—¿Un termo?

—Sí, ¿y una manta de picnic?

—Sí, tengo una manta… y un termo.

—No tardará en oscurecer —dijo mirando por la ventana, al cielo ya rosáceo—. Podemos salir a dar un paseo y llevarnos el cacao. Habías traído también algo de comer, ¿verdad?

Phoebe se atrevió a mirar a su alrededor, se imaginó dos cuerpos entrelazados y excitados, pero después vio el lugar tal cual era: el refugio de una adolescente, lleno de recuerdos de la niñez, entre los que había incluso un osito de peluche con un solo ojo.

Mientras preparaba la comida y la bebida para el picnic, Phoebe sintió el aroma y el calor del cuerpo de Pace y no pudo evitar preguntarse si no habría llegado el momento de que su refugio creciera también.

Capítulo Seis

Diez minutos después estaban paseando junto a un precioso arroyo. El sol parecía aferrarse al cielo mientras una brisa fresca movía las hojas de los árboles. Hannie se había adelantado corriendo, confiándole a Pace el cuidado de su dueña mientras él correteaba de un lado a otro.

–¿Alguna vez echas de menos la naturaleza?

–A veces. A Meg y a mi madre les encantaba el campo. Esa casa había pertenecido a sus padres y, antes de eso, a sus abuelos. Meg solía contarme todas las aventuras que habían vivido de jóvenes en estos campos.

–Da la sensación de que se llevaban muy bien –comentó Pace, pensando en que Nick y él jamás habían vivido una aventura juntos porque siempre habían estado muy ocupados en competir el uno con el otro.

Entre las expectativas de su padre y las continuas provocaciones de su hermano, Pace había tenido que tener mucho cuidado, pero se las había arreglado sin problemas. Hasta aquella humillante equivocación. Ahora solo tenía que mirar a su hermano para recordar el terrible error que había cometido hacía tres años. Le sacaba de quicio.

Y Nick lo sabía.

–Meg era un poco mayor que mi madre –seguía diciendo Phoebe–. Y mucho más sensata. Cuando mi madre se enamoró de un hombre que pasaba por aquí, Meg la apoyó incondicionalmente.

Mientras Phoebe se agachaba a arrancar una flor, Pace sumó dos más dos y comprendió que ese hombre era su padre.

–¿Alguna vez intentaste encontrarlo? –preguntó.

Phoebe miró a lo lejos con la cabeza bien alta.

–Hay gente que se empeña en encontrar a sus padres biológicos, pero yo no lo necesito.

–Supongo que no cambiaría nada –dijo él, en tono comprensivo.

–Hace mucho que dejé de preguntarme qué le ocurrió, pero sí hay ciertas cosas que cambiaría si pudiera.

–¿Por ejemplo?

–El que mi madre creyera que algún día volvería a buscarla. La noche que murió iba a verlo. Estaba lloviendo y el conductor de un camión se quedó dormido… –tiró la flor al suelo–. Mi madre nunca volvió.

Pace sintió un escalofrío. ¿Su madre había muerto en un accidente de coche? Ahora comprendía que el susto de antes la hubiera alterado tanto.

–Pero bueno, aún estaba mi tía –siguió diciendo–. Me quería como a una hija y para mí fue como una segunda madre. No sé qué habría sido de mí sin Meg –apretó los labios un momento–. A veces me gustaría poder decírselo a mi madre.

Pace tuvo que tragar saliva para deshacer el nudo que se le había formado en la garganta. No solo la había abandonado su padre, también se había sentido abandonada por su madre, una mujer que, teniendo una niña pequeña, había agarrado el coche en una noche de lluvia para ir a ver a un ex que ya no sentía nada por ella.

Quizá su padre no hubiese estado en casa todo el tiempo que él le habría gustado, pero lo había hecho para trabajar noche y día por su familia. El abuelo de Pace había sido un alcohólico que se había gastado el dinero en alcohol y había aterrorizado a sus hijos durante sus borracheras. Nicholas Brodrick había querido algo muy distinto para su familia, por eso había trabajado tanto y había esperado tanto de ellos.

Esperaba que Phoebe pudiera perdonar a su madre algún día porque sabía lo duro que era sentir tanto rencor por alguien a quien se suponía que se debía querer. Lo sabía por experiencia propia.

–¿Qué te parece si nos tomamos ese cacao? –le propuso con una sonrisa.

Ella miró a su alrededor y asintió.

–Es el lugar ideal.

Se encontraban junto a un árbol enorme. Debía de medir por lo menos quince metros de altura. Pace se preguntó si no sería el mismo que aparecía en la foto del columpio.

–¿Qué clase de árbol es? –le preguntó mientras extendía la manta.

–No lo sé. En primavera se llena de unas increíbles flores blancas –le contó al tiempo que sacaba el termo y el pastel de manzana de la cesta–. De pequeña solía pensar que era un árbol mágico y que había crecido aquí, junto al río, solo para mí. Cuando soplaba el viento era como si nevara y…

Pace lo imaginaba perfectamente.

–Y el suelo se cubría con una especie de manto blanco. Yo cerraba los ojos y… soñaba.

Volvió a cerrarlos al tiempo que en sus labios aparecía una sonrisa angelical. Pace la observó, fascinado.

–¿Qué soñabas?

–Lo que suelen soñar las niñas –bebió un sorbo de cacao y luego lo miró–. Cuéntame tú. ¿Tus padres viven en Sídney?

–Mi madre murió cuando yo tenía doce años –dijo–. Y mi padre cuando tenía veinticinco, sufrió un ataque al corazón. Mi hermano vive en Sídney con su prometida.

–Siento lo de tus padres –murmuró y siguió observándolo atentamente–. Siempre me has parecido muy misterioso.

–Puede que fuera porque estabas muy ocupada huyendo.

–Ahora no huyo.

Pace la miró a los ojos y sintió que el aire se llenaba de electricidad. La atracción que sentía hacia ella nunca había sido tan fuerte. Estaba a punto de acercarse un poco más cuando ella bajó la mirada y se puso a rebuscar en la cesta.

El pastel y el cacao estaban deliciosos, pero empezaba a refrescar. Pace pensó que quizá debieran volver, encender la chimenea y quizá quedarse a pasar la noche.

Él no tenía el menor problema en volver a Sídney esa misma noche, pero después de lo que le había contado sobre su madre, quizá fuera mejor esperar unas horas antes de volver a la carretera.

Una vez acabado el pastel, Pace puso el plato en la cesta. Phoebe fue a guardar algo también y se rozaron las manos. Fue como una descarga eléctrica. Phoebe levantó la mirada hasta sus ojos.

Pero él tenía la vista puesta en su boca, en esos labios suculentos donde descansaba una miga del pastel.

Pace no pensó, no titubeó, se dejó llevar por el instinto. Se inclinó hacia ella, le tomó el rostro entre las manos y le quitó la miga de los labios con los suyos.

Phoebe sintió un escalofrío de impaciencia al notar el roce de sus labios. Cerró los ojos y en su interior estalló una tormenta incontrolable. Al sentir el suspiro que se le escapó, Pace la rodeó con un brazo y la atrajo hacia sí.

Su cuerpo se amoldó a él como si estuviera hecho de cera caliente. Levantó la cara para que volviera a besarla. Él le pasó la lengua por los labios suavemente, primero en una dirección y luego en la contraria. Phoebe se dejó llevar por la sensación, sin apenas poder creer que algo tan sencillo pudiese provocarle tanto placer. Le echó los brazos al cuello y lo besó apasionadamente.

De pronto se sentía eufórica y llena de vida. Saboreó la dulzura de sus labios, aún impregnados de manzana y chocolate. Y se preguntó a qué sabría el resto de su cuerpo.

Él bajó la mano por su espalda mientras ella le acariciaba la cara y apretaba los pechos contra él. Sin dejar de besarse, se tumbaron sobre la manta con las piernas entrelazadas. Pace le acarició la pierna hasta la rodilla y, al volver a subir, le subió la falda.

Phoebe jamás había experimentado una sensación tan mágica. Su mano era como un hierro candente que dejara un rastro de placer en su piel.

–Sabía que serías así –le susurró al oído al tiempo que colaba la mano bajo el vestido–: Suave, ardiente y deliciosa –le acarició el lóbulo de la oreja con la lengua–. Te deseo, Phoebe. Nunca te había deseado tanto.

Aquellas palabras la hicieron estremecer. Ella también lo deseaba, la consumía un fuego que no podría extinguirse mientras estuviera a su lado. No podría saciarse de él. Al sentir su lengua en el cuello, la invadió una necesidad incontrolable, casi dolorosa. Buscó su boca casi sin aliento y, mientras se devoraban el uno al otro, le sacó la camisa de los pantalones y metió la mano bajo la tela para acariciarle la espalda.

Todas aquellas sensaciones le infundieron el valor necesario para tumbarlo boca arriba y colocarse sobre él, apretándole las caderas con los muslos. Pero al mover la cabeza para apartarse un mechón de pelo de la cara, vio algo en el árbol... en el tronco... el corazón que ella misma había hecho hacía mucho tiempo.

De pronto recordó el día que lo había dibujado y todas las veces que había pasado el dedo sobre él durante aquellos años. Pensó en su navajita y en su niñez, en sus sueños de encontrar a un hombre que la amara, que la protegiera y con el que siempre pudiese contar.

De eso hacía ya mucho tiempo, sin embargo sintió una terrible presión en el pecho al recordarlo y de pronto le invadió el corazón un frío helador que conocía bien, una sensación que borró de golpe todo el calor que Pace le había hecho sentir.

Se apartó de él meneando la cabeza.

—Lo siento —murmuró, huyendo de su mirada—. No puedo hacerlo.

Al menos allí, en aquel pueblo, junto a ese árbol.

Pace se sentó frente a ella.

—¿Qué ocurre?

Nunca lo comprendería. No debería haberlo llevado allí. Lamentaba haber vuelto al pueblo. De no ser por Meg, jamás lo habría hecho.

Sintió el calor de su mano en el brazo.

—¿Phoebe?

Respiró hondo, pero el aire que le llenó los pulmones no hizo que se sintiera menos vacía.

—Es este lugar.

—Pensé que te gustaba.

–Y me gusta. Me gustaba.

–No comprendo –dijo él, sonriendo.

Phoebe se puso en pie. Era lógico que no comprendiera nada, lo que no era lógico era cómo estaba actuando ella. Lo comprendiera o no, le debía una explicación.

–A veces es duro crecer en un pueblo tan pequeño. La gente no olvida los escándalos –dijo y, al ver el modo en que la miraba Pace, se explicó mejor–. Todo el mundo parecía esperar que yo siguiese los pasos de mi madre, que acabara embarazada y soltera.

Phoebe se había empeñado en cambiar la idea que los demás tenían de ella, deshacerse de esa etiqueta que había heredado. A los catorce años, cuando sus amigas se teñían el pelo y empezaban a salir con chicos, ella se había cortado el pelo y había escondido las incipientes curvas de su cuerpo bajo enormes camisetas. Solo para demostrar al pueblo que ni siquiera había besado nunca a un chico.

Se acercó al árbol y señaló el corazón con sus iniciales que había dibujado en el tronco.

–¿Lo hiciste tú? –le preguntó Pace.

Phoebe asintió.

–Sé que parece una locura, pero tengo la sensación de que la niña que fui me estuviera observando y se sintiera decepcionada. Ella jamás habría permitido que la besara nadie que no fuera el hombre de sus sueños. Me habría gustado ser un niño.

–¿Porque los chicos no se quedan embarazados? No todos los hombres son como tu padre, Phoebe.

–¿Tú, por ejemplo?

Incluso a ella le dolió la amargura de su propia voz. Pace no tenía la culpa de nada, nadie la tenía.

–Sí, claro –dijo él–. Soy tan habilidoso que conseguí seducirte la primera vez que nos vimos.

Phoebe no le rio la gracia. ¿A quién quería engañar?

–La noche que nos conocimos debía de haber una docena de mujeres pendientes de ti y aún más la vez siguiente. Acudían a ti como las moscas a la miel. Podrías haber elegido a la que quisieses.

–Pero no estoy con ninguna de ellas –le recordó Pace con voz profunda–. Estoy contigo.

Se puso en pie y fue junto a ella. Le pasó una mano por el pelo y después se la puso en la mejilla. Phoebe pensó que iba a besarla otra vez y se sintió entre la espada y la pared, pues deseaba desesperadamente que lo hiciera y al mismo tiempo quería preguntarle si no había escuchado nada de lo que acababa de decir.

Entonces la besó… con ternura… en la frente.

–Ha sido un día muy largo –dijo–. Será mejor que volvamos.

Phoebe se quedó sin aliento, tenía un nudo en el estómago. Nadie habría podido imaginar el conflicto al que se enfrentaba. Por una parte, quería olvidarse de todas sus dudas y disfrutar de todo lo que pudiera ofrecerle Pace. Y por otra, después de lo sucedido ese día, sabía mejor que nunca que no quería entregarse demasiado, como lo había hecho su madre con ese hombre.

Pero ya no tenía catorce años. Ahora era una mujer hecha y derecha, capaz de cuidar de sí misma. Debería ser capaz de analizar esos sentimientos de manera racional y seguir adelante con su vida.

–Lo siento… –comenzó a decir sin saber muy bien cómo seguir.

–No te preocupes –respondió él, poniéndole la mano en el brazo–. Si nos damos prisa, podemos volver a la carretera antes de que se haga del todo de noche.

Pace se dio media vuelta para recoger las cosas. Phoebe lo observó con un nudo en la garganta; sin duda pensaba que estaba loca. Que Steve tenía razón, que no merecía la pena.

Había hecho aquella lista y había decidido encontrar al hombre perfecto.

Claro que quizá estuviese presionándose demasiado a sí misma para conseguirlo. Quizá llevara demasiado tiempo encerrada en sí misma, quizá simplemente debiera relajarse un poco y no pensar en si… le faltaba algo.

Observó a Pace, la elegancia y la seguridad con las que se movía, incluso cuando hacía algo tan banal como doblar una manta, y supo, a pesar de los demonios que la atormentaban, que no era así. Sabía que con él podría sentirlo todo al máximo, todo lo que cualquier mujer debía sentir. La chispa, el fuego, la euforia.

Se refería a la gloria de sentir que se conecta con otra persona íntimamente. De la emoción, de la experiencia que no se podía borrar, ni menospreciar aunque la relación no estuviese destinada a durar. Quería saber si podía sentir todo eso.

Tenía algo que demostrar, no a Pace, ni a Steve, ni a los mojigatos habitantes de Tyler's Stream que le habían amargado la niñez. Tenía que demostrárselo a sí misma. Iba a demostrárselo esa noche.

Pace observó la llanura desde la puerta de la casita. Se llevó los dedos a la boca y silbó tan fuerte como pudo, después esperó unos segundos, atento a cualquier movimiento.

¿Dónde demonios estaba ese perro?

Hacía ya quince minutos que habían vuelto del paseo, quince minutos desde que Phoebe le había asegurado que Hannie no tardaría en volver. Después se había puesto a recoger las cosas y le había dicho que se relajara, que ya lo hacía ella.

Parecía estar bien, pero estaba… distraída. Pace no la culpaba por ello. Lo que le había contado lo cambiaba todo, por eso se había quitado de la cabeza la idea de quedarse a pasar la noche. Seguía deseándola, eso no podría cambiar tan fácilmente, de ahora en adelante iría más despacio.

Phoebe había tenido una infancia muy dura y no quería acabar como su madre, por eso le costaba tanto confiar en los demás, y seguramente en sí misma, y dejarse llevar.

Sin embargo estaba claro que deseaba hacerlo, la prueba era esa lista que había descubierto en su apartamento.

–Voy a echar un vistazo por si se ha perdido –sugirió Pace.

–Ya aparecerá –le dijo Phoebe, echándose el trapo de cocina sobre el hombro–. Siéntate mientras yo termino.

Pace observaba sus movimientos mientras iba de un lado a otro. El vaivén de su vestido, el modo en que le marcaba el trasero cuando se agachaba a guardar algo… y el bulto que crecía bajo la cremallera de su pantalón. No había un hombre en el mundo que deseara a una mujer tanto como él deseaba a Phoebe en aquel momento.

La vio recogerse el pelo con una goma, vio el movimiento de sus pechos al levantar los brazos e imaginó cómo serían sus pezones, el sabor que tendrían si los acariciaba con la lengua. Cómo reaccionaría si los apretaba suavemente entre los dientes.

Los latidos de su erección lo obligaron a ponerse en pie.

Apenas podía controlar la necesidad de acercarse a ella, estrecharla entre sus brazos y besarla apasionadamente mientras la apretaba contra su cuerpo. ¿Qué haría ella, gritaría horrorizada, o se derretiría de placer?

Ella frunció el ceño, se le había soltado la goma del pelo. Entonces lo miró y sonrió, y Pace no tuvo más remedio que apartar los ojos de ella.

–Voy a buscar al perro.

–No.

Pace había echado a andar hacia la puerta, pero se detuvo y la miró. Phoebe iba hacia él.

–Cuando está jugando, no viene aunque yo lo llame –le explicó–. Lo único que podemos hacer es esperar. Voy a apagar todas las luces, excepto una lámpara para que crea que estoy a punto de irme y venga.

Pace la miró mientras apretaba el interruptor y dejaba el salón casi a oscuras. Tenía su lógica.

–Siento estar entreteniéndote tanto –le dijo y apartó la vista de él–. Sobre todo después de lo que ha pasado antes. Solo quería que supieras… por si no lo sabes… –sonrió con timidez–. Que me gusta como besas.

Pace apretó la espalda contra el marco de la puerta y estuvo a punto de gruñir. Phoebe no se lo ponía nada fácil.

–Gracias –dijo con tensión–. Lo mismo digo.

–El otro día alguien dijo en el programa que un beso es «el elixir de la vida», pero otro dijo que no es más que parte de los juegos preliminares del sexo.

Pace cruzó los brazos sobre el pecho. Aquello empezaba a ser una tortura.

Ella volvió a ponerse la goma del pelo en la boca y trató una vez más de recogérselo. Con los brazos levantados, la cinta elástica entre los dientes… Pace pensó que era la imagen más fascinante que había visto en su vida. En ese momento se dio cuenta de que estaba hablando, decía algo de que se le había pegado el pelo a la nuca… y mientras hablaba con media sonrisa en los labios, se le cayó la goma.

–¿Me la darías, por favor? –le pidió, aún sujetándose el pelo.

Pace se agachó, pero en lugar de agarrar la cinta de inmediato, se detuvo a admirar sus pies descalzos, sus tobillos y sus pantorrillas. Lo que habría dado por poder pasar la lengua por aquellas piernas e ir subiendo lentamente.

–¿La ves? –le preguntó ella–. Busca con la mano.

Eso habría querido hacer, pero optó por cerrar los ojos. Cualquiera habría pensado que Phoebe intentaba provocarlo deliberadamente.

–¿No es eso que hay junto a mi pie?

La vio mover el pie, sintió el olor de su piel, ya apenas podía controlar las reacciones de su propio cuerpo.

En ese momento, Phoebe se soltó el pelo y se agachó junto a él.

–Aquí está, tonto –le dijo con una sonrisa en los labios, después hizo una especie de tirachinas con la goma del pelo y se la tiró al brazo.

Él no sonrió, estaba demasiado absorto en la imagen de unos pechos firmes que parecían estar pidiéndole que los tocara. Si movía un solo músculo, sería para agarrarla y besarla hasta hacerle perder el conocimiento.

Pace empezó a sentir gotas de sudor en la frente.

Más valía que el perro volviera pronto.

Phoebe alargó la mano y se la pasó por el pelo. Algo explotó dentro de él y no hubo manera de frenarlo. Quizá necesitara tiempo, pero estaba claro que eso era una provocación en toda regla, una provocación que ningún hombre podría, ni debería, ignorar.

Pero al inclinarse hacia ella, Phoebe se retiró y, al ver lo que tenía en la mano, Pace maldijo entre dientes.

–Tenías una hoja –murmuró, enseñándole lo que acababa de quitarle del pelo–. La ha debido de traer el viento –la tiró y se abrazó a sí misma, con lo que se subió aún más los pechos–. Está refrescando. Creo que voy a ponerme algo para entrar en calor.

Mientras él respiraba hondo, luchando por recuperar su autocontrol, ella encendió una lámpara de pie y luego se dirigió hacia la escalera que conducía al dormitorio. Pace volvió a respirar hondo mientras admiraba su trasero.

–¿Sabes encender la chimenea? –le preguntó ella mientras subía–. Hay leña dentro y cerillas en la mesa.

Una vez hubo desaparecido en el dormitorio, Pace le dio un cabezazo al marco de la puerta y luego se dispuso a encender el fuego. Unos minutos después, las llamas iluminaban el pequeño salón de la casita y lo llenaban de calor. Observando el fuego, Pace se dijo a sí mismo que podría superar la prueba. Phoebe le había pedido que se lo tomara con calma.

De pronto la vio de reojo… sus ojos reflejaban el brillo del fuego. En cuanto se le acostumbró la vista a la luz, Pace estuvo a punto de caerse al suelo de la sorpresa.

No era posible.

Phoebe estaba perfectamente relajada, apoyada en la barandilla de la escalera…

¿Desnuda?

Capítulo Siete

Pace meneó la cabeza y parpadeó un par de veces antes de volver a mirar.

No, Phoebe no estaba desnuda. No del todo. Aunque lo único que la separaba de la desnudez total era un sugerente conjunto de lencería negro con una batita del raso del mismo color.

Se frotó los ojos y trató de enfocar mejor. Allí seguía ella, apoyada en la barandilla de la escalera, con una pierna doblada y el pelo recogido en un moño bajo, casi suelto.

Se le aceleró el pulso aún más al ver que empezaba a bajar con movimientos de felino.

–Pace, pareces asombrado –le dijo con una voz dulce e intensa–. ¿Te he pillado desprevenido? Te he dicho que iba a cambiarme –afirmó con gesto pícaro–. ¿No me habías oído? Es de mala educación mirar tan fijamente a alguien.

Terminó de bajar la escalera y fue hasta su lado. Alargó la mano y, cuando estaba a punto de tocarle la boca, la retiró y se la llevó a los labios. El dedo desapareció unos segundos entre aquellos labios rojos antes de sacarlo de nuevo y pasárselo a él por la boca. Él lo chupó con deleite y con el corazón a punto de salírsele del pecho.

Ella emitió una especie de murmullo de satisfacción mientras se pasaba el dedo por el cuello e iba bajando hasta el espacio que tenía entre los pechos.

Pace trató de respirar hondo, pero estaba demasiado excitado.

Aquello no tenía sentido. ¿Qué le había pasado? Hacía menos de una hora le había pedido perdón por interrumpir algo que parecía haber ido de maravilla hasta ese momento. y de pronto se había desnudado.

Desde luego en aquel momento no parecía nada inocente, era todo sensualidad.

Sin embargo su mirada ocultaba algo. En sus ojos había una sombra que hacía pensar que quizá no se sintiera tan cómoda como quería hacerle creer. Aunque lo estaba haciendo tan bien, que no haría falta mucho para que Pace se decidiera a no hacer caso a esa ligera sombra.

–Has dicho que tenías frío –le recordó mientras ella le desabrochaba la camisa.

–Ya estoy entrando en calor –susurró Phoebe–. ¿Y tú?

Pace se acercó un poco más.

–Yo estoy ardiendo.

Pero ella ya se había colocado a su espalda y se apretaba contra él. Le acarició los hombros, la espalda y fue bajando hasta el trasero, que le agarró y le apretó. Pace se estremeció de placer. Intentó agarrarle la mano, pero ella volvió a moverse hasta quedar de nuevo frente a él. Se agachó solo un poco, lo justo para apoyar la mejilla en su pecho y morderle suavemente. Él apretó los dientes con un gruñido de puro éxtasis.

Aquello era más de lo que podía soportar y, aunque todas las células de su cuerpo le decían que cerrara la boca, no pudo evitar preguntarle:

–¿Qué estás haciendo? –¿volvería a cortarlo en el mejor momento? ¿Se echaría atrás con alguna excusa?–. ¿Corro peligro si me excito?

La sonrisa que apareció en los labios de Phoebe estaba impregnada de promesas.

–¿Me preguntas si deberías hacerlo? Desde luego –dijo mientras le abría la camisa para quitársela lentamente–. Si quieres saber si es peligroso, eso tendrás que decidirlo por ti mismo –le puso una mano en cada pezón antes de agacharse y morderle suavemente uno y luego el otro. Se soltó el cinturón de la bata y lo sacó de las trabillas, después le agarró las dos manos a Pace y, sin soltárselas, lo obligó a tumbarse en el sofá. Se colocó encima y con la misma naturalidad con la que habría hecho algo completamente cotidiano, le ató las muñecas a la lámpara.

Con la mirada clavada en su rostro y una sonrisa en los labios, Pace estaba impaciente por ver qué hacía a continuación.

«No pienses, actúa».

Quizá desde fuera pareciera que tenía la situación bajo control, pero por dentro Phoebe estaba hecha un manojo de nervios.

Había tomado una decisión. Fuera como fuera,

la próxima vez que Pace la abrazara, no pararían hasta haber llegado al final.

Pero mientras bajaba la escalera para reunirse con él junto al fuego, se le había disparado la ansiedad y habían empezado a sudarle las manos. A pesar de la extraña sensación que tenía en el estómago y el modo en que le temblaban las rodillas, había seguido adelante, decidida a luchar contra los dragones, a acabar con el temor a ser frígida. Pero, ¿podría hacer bien algo tan difícil como un *striptease*, o acabaría haciendo el ridículo? O quizá, después de lanzarse al vacío sin paracaídas, consiguiera experimentar algo que hasta ese momento se le había escapado, esa conexión absoluta con un hombre que por fin la liberaría y le permitiría dar rienda suelta a todo lo que era.

Ahora que había visto la reacción física de Pace, ya no estaba tan nerviosa. Y se sentía tan viva… Claro que aquello acababa de empezar, lo más interesante y aterrador aún estaba por llegar.

Comprobó que el nudo con que lo había atado a la lámpara estaba bien seguro y, por si acaso y para provocarlo un poco más, se inclinó sobre él para verlo de cerca y tocarle las muñecas.

–¿Te aprieta mucho? –le preguntó, sin poder creer aún lo que estaba haciendo.

Pace parpadeó con una mezcla de excitación e impaciencia.

–Lo justo –dijo él–. Pero no sé cómo voy a poder ayudar.

–No necesito ayuda.

Y a continuación siguió el consejo que él le había dado el día anterior y, en lugar de pensar, actuó. Se dio media vuelta para quedar dándole la espalda, se inclinó lentamente para pasarle la mano por las piernas e ir subiendo hasta su vientre. Extendió las manos encima de la piel ardiente y, al ver cómo se estremecía, se atrevió a besarle el vientre. Su aroma era innegablemente masculino.

Phoebe sintió un húmedo latido entre las piernas.

Siguió besando la diminuta extensión de piel por encima de su pantalón unos segundos más, después se levantó y admiró la imagen que tenía delante. Al encontrarse con su mirada, se le subió el corazón a la garganta. Esperaba ver cierta tensión en sus ojos, cierta desconfianza, pero lo que encontró fue algo muy diferente.

Era puro placer, así de simple. Pero también parecía estar desafiándola, era como un animal salvaje, esperando el momento adecuado para liberarse y disfrutar de una dulce venganza.

El chisporroteo del juego la despistó por un momento, pero sirvió para recordarle el siguiente paso. Se acercó al equipo de música y eligió un CD. Una vez empezaron a sonar las notas del clarinete, volvió junto a él, se quitó la única horquilla que le sujetaba el pelo y, tratando de no pensar, comenzó a moverse al ritmo de la música. En un principio lo hizo con cierta rigidez, pero a medida que pasaban los minutos, la sensación que tenía en el estómago adquirió un cariz diferente... se convirtió en un estremecimiento que le electrificaba el cuerpo y la llenaba de seguridad.

Se concentró en sentir, en vivir el momento. Estaba apenas a unos centímetros de Pace cuando cerró los ojos para dejarse llevar por la música.

De pronto se sentía bella y poderosa.

Y sexy.

Al abrir los ojos de nuevo, se encontró con la mirada fascinada y excitada de Pace.

–¿Te gusta ver bailar a las mujeres? –le preguntó, con actitud atrevida.

–A algunas.

Se agachó para ofrecerle la imagen de su trasero.

–¿A esta mujer, por ejemplo?

–Sí. Me encanta verte bailar, Phoebe.

En su voz había algo que la dejó inmóvil por un momento, después lo miró a los ojos y volvió a dejarse llevar por la música. Era como si se hubiese convertido en otra persona, en la mujer que siempre había sabido que podría ser en una situación como aquella. Con el hombre adecuado.

Le dio la espalda de nuevo y trató de desabrocharse el sujetador sin ningún éxito.

–No puedo… –fingió que se estiraba–. No alcanzo el cierre.

Pero en lugar de reaccionar, Pace siguió mirándola sin hacer nada.

¿Por qué no decía nada? ¿Acaso le pasaba algo? Entonces lo miró y vio un gesto de dolor en su rostro.

–¿Qué ocurre, Pace? –se acercó a él corriendo y le tocó la cara.

–Algo… se me está clavando –maldijo entre dientes–… en la nuca.

No comprendía nada. ¿Habría algo entre los almohadones? Coló la mano debajo de su cabeza y buscó a tientas lo que estaba haciéndole daño.

–Justo ahí –dijo él cuando Phoebe tenía medio brazo entre su espalda y el sofá.

–No encuentro nada –dijo, aterrada.

Estaba a solo unos milímetros de su rostro. Lo miro a los ojos sin saber qué hacer y, estaba a punto de ir a la cocina a buscar un cuchillo para cortar el nudo con que lo había atado, cuando vio que algo había cambiado en la expresión de su rostro. Parecía tranquilo y sorprendentemente satisfecho.

Había sido una trampa. ¡La había engañado!

Trató de sacar el brazo, pero ahora era él el que la tenía atrapada.

–¿Qué vas a hacer ahora, Mata Hari? –le preguntó con una enorme sonrisa en los labios.

–Yo... te… te prometo que no iba a tenerte atado toda la noche –tartamudeó.

–¿Y ahora?

–Déjame sacar el brazo y te desataré.

Lo vio titubear a la luz del fuego.

–¿Qué te parece si hacemos un trato? Te soltaré a cambio de un beso.

–¿Un beso?

¿Eso era todo?

–Sí, solo eso –confirmó, como si le hubiera leído el pensamiento–. Dame tus labios, Phoebe.

Se suponía que era ella la que daba las órdenes,

pero empezaba a dormírsele el brazo y, por el modo en que la miraba, no tenía intención de soltarla hasta que no hiciera lo que le había dicho.

Trató de buscar un plan alternativo, pero solo se le ocurría uno que le gustara. Si quería un beso, iba a darle uno que no olvidara.

Bajó la cara y dejó la boca prácticamente rozándole los labios, después la apoyó en su barbilla. Ese simple roce le provocó un escalofrío que le recorrió todo el cuerpo. Esperó su reacción, segura de que levantaría el rostro y se apoderaría de su boca. Pero lo que hizo fue morderle el labio inferior.

Phoebe lanzó un grito de sorpresa, no de dolor. Pero entonces sintió su lengua en el labio y la invadió un oscuro placer. Cerró los ojos y soltó un suave gemido mientras esperaba su siguiente movimiento.

Primero inclinó la cabeza para besarle la barbilla, como había hecho ella antes, y luego, por fin, se apoderó de su boca. Phoebe se olvidó de todo de golpe; de cualquier duda, cualquier inseguridad, cualquier recuerdo. Sintió su lengua explorando, buscando, y ella respondió con la misma pasión, la misma ansiedad, con todo lo que deseaba entregarle desde hacía tiempo. La sensación fue creciendo hasta que Phoebe apenas podía respirar, ni imaginar que pudiera haber algo mejor que eso. ¿Qué pasaría cuando por fin hicieran el amor?

Cuando dejó de besarla, Phoebe no abrió los ojos. Solo era una pausa para tomar aire y enseguida volverían a besarse.

De pronto oyó su risa, una suave carcajada que le

hizo abrir los ojos. Sintió un calor completamente distinto y una tensión que le atenazó el estómago al darse cuenta de lo que ocurría.

Estaba riéndose de ella, de lo poco que había tardado en perder el control de la situación.

Pero, ¿acaso importaba? ¿No era precisamente eso lo que había buscado, dejarse llevar aunque eso significase perder el control?

Eso le hizo sentirse muy satisfecha consigo misma.

—¿Ha sido lo bastante bueno para ti? —le preguntó.

—Desde luego —dijo él.

—¿Entonces podrías cumplir con tu parte del trato y soltarme el brazo?

—Me parece que no. Mc gusta tenerte así.

Phoebe frunció el ceño.

—Pero has dicho…

—Te he mentido.

—¡No es justo!

—Puede ser, pero tampoco es justo que me hayas atado —sonrió con malicia—. Aunque no es que me importe.

—Supongo que quieres una explicación.

—Estaría bien, pero no es necesario que lo hagas.

—Cuando volvíamos del campo —comenzó a decir antes de que le faltara el valor—, he decidido…

—¿Encontrar a tu hombre perfecto?

Lo miró con la boca abierta.

—¿Cómo sabes eso?

—Vi tu lista —le confesó en voz baja.

Volvió a sentir que le ardían las mejillas y seguramente podría haberse sentido avergonzada, pero en ese momento tenía otras prioridades, como por ejemplo no perder el brazo.

–¿Podríamos continuar la conversación después de que me dejes sacar el brazo?

–¿Para que puedas dejarme aquí, atado? –preguntó Pace y meneó la cabeza.

Phoebe respiró hondo y señaló algo que era obvio.

–Si no me sueltas, tendremos que quedarnos así toda la noche.

Quizá hubiera perdido el control, pero tampoco él lo tenía del todo.

–Tú ya te has divertido, ahora me toca a mí –dijo él.

Phoebe estaba a punto de recordarle la posición en la que se encontraba cuando notó que empezaba a estirar el pecho y los bíceps.

Un segundo después, se rompió el cinturón con el que estaba atado a la lámpara.

Capítulo Ocho

Después de disfrutar unos segundos de la cara de sorpresa de Phoebe, Pace centró toda su energía en atraparla, pues también ella había conseguido liberarse y sacar el brazo de debajo de su espalda. No pretendía estropearle la diversión, solo participar un poco más.

–Pace… ya puedes soltarme.

Él sonrió. Nada más lejos de su intención.

Parecía que finalmente había decidido poner manos a la obra para cumplir con su lista de deseos. Lo cierto era que había llegado a desconcertarlo con su comportamiento en el campo, y luego junto a la puerta, pero ahora ya no había lugar a dudas. Estaba claro lo que tenía en mente y Pace iba a hacer todo lo que estuviese en su mano para ayudarla.

Pero cuando inclinó la cabeza para volver a besarla, ella se le escabulló entre los brazos y se levantó del sofá. Tenía la respiración acelerada y se le marcaban los pezones bajo el encaje del sujetador, como si lo llamaran a gritos.

–Esto no es lo que yo tenía planeado –admitió casi jadeando.

–No hay nada mejor que una buena sorpresa –respondió él al tiempo que se ponía en pie.

Se acercó a ella con la actitud de un depredador. No le dio tiempo a pensar, ni a huir. La estrechó en sus brazos y la besó fuerte, sin pedir disculpas… tal y como ella quería.

Phoebe se rindió en cuando sus bocas se encontraron. Apenas pasaron unos segundos antes de que se pusiera de puntillas y respondiera a su beso con igual pasión. Le acarició la espalda y luego sumergió los dedos en su pelo mientras apretaba los pechos contra él. Pace sentía el calor abrasador de su piel bajo las manos. La levantó en brazos sin dejar de besarla un momento y la tumbó suavemente en el suelo, sobre la alfombra. Después se apartó solo lo necesario para admirarla, para disfrutar de su sonrisa, de su mirada de excitación. Ella alargó la mano hacia su rostro, momento que Pace aprovechó para besarle los dedos. Dejó caer la cara sobre su cuello, sumergiéndose en su aroma.

Necesitaba tocarla, besar cada rincón de su cuerpo, hacerla suya y, sobre todo, demostrarle lo maravilloso que podía ser estar juntos. Hacer el amor.

Pace se quitó el pantalón antes de volver junto a ella otra vez. Phoebe le puso una pierna sobre las caderas y lo buscó con la mano hasta encontrar su erección, que agarró como si fuera una varita mágica que convirtió en durísimo acero con sus caricias. Mientras, él le bajó un tirante del sujetador y luego el otro, para descubrir sus pechos. Le acarició un pezón con la yema de los dedos antes de inclinarse y metérselo en la boca.

Gruñó de placer mientras ella arqueaba la espalda, entregándose a su boca y a los movimientos de su lengua alrededor del pezón.

Parecía increíble que, en medio de tanta excitación, Pace pudiera acordarse de actuar con sensatez. Echó mano a los vaqueros, de cuyo bolsillo sacó un preservativo que se colocó sin dilación. Volvió a ella rápidamente para besarla mientras deslizaba la mano por su vientre, bajo sus braguitas, y la colaba entre aquellos pliegues húmedos. La hizo estremecer y eso lo animó a adentrarse más y más en su cuerpo.

Estaba tan mojada, completamente preparada para él.

La besó ansiosamente en la boca y en el cuello antes de volver a sus pechos, mientras apretaba las caderas contra ella e imaginaba cómo sería el momento de éxtasis cuando su cuerpo se tensara alrededor de algo más que un dedo. Mientras jugaba con su pezón, sintió que ella empezaba a mover la pelvis, buscándolo. La despojó de las braguitas, pero enseguida siguió acariciándola mientras su lengua seguía acariciándole los senos. Ejerció un poco más de presión en ambos lugares, lo justo para hacerla estremecer…

Sintió la tensión de sus músculos, pero aún siguió chupándole el pezón y acariciando el punto más sensible de su cuerpo. Entonces ella le agarró cabeza y la mano y gritó su nombre.

Pace también susurró su nombre mientras la sentía derretirse en sus manos.

Poco a poco sus suspiros fueron haciéndose más

largos y calmados. Pace se colocó sobre ella y se sumergió en su cuerpo, llenándola de placer y dándoselo también a sí mismo.

Se perdió en aquella maravillosa sensación, le tomó el rostro entre las manos y cerró los ojos. Comenzó a moverse lentamente hasta que se le quedó la mente en blanco y lo único que podía hacer era sentir su cuerpo.

Solo podía pensar en lo mucho que la deseaba.

Sintió sus uñas en la espalda, dejando un rastro de escalofríos a su paso, clavándosele en la piel como las garras de un felino. Él le mordió el labio inferior, la besó con todas sus fuerzas, con toda el alma, mientras los movimientos iban haciéndose más rápidos, más impetuosos. La necesidad de liberarse era incontrolable, irrefenable.

La oyó susurrar su nombre antes de morderle el cuello.

No podía más.

Fue como una explosión. Le agarró la cara de nuevo y la besó con fuerza mientras lo invadían los espasmos de placer y alcanzaba por fin la liberación.

A la mañana siguiente, Phoebe se despertó con un sobresalto. Le vino a la cabeza una imagen de la noche anterior, del encuentro que se había prolongado hasta altas horas de la madrugada. Recordó las tiernas palabras que Pace le había susurrado al oído mientras la llevaba al clímax una y otra vez. Ahora lo único que quería era repetir aquellos increíbles momentos. Se dio la vuelta hacia él porque se moría de ganas de verle la cara.

Pace seguía dormido bajo el edredón que había bajado del dormitorio junto con dos almohadas antes de quedarse dormidos. Phoebe se apoyó en un codo y admiró su plácida imagen; esos labios que había besado una y otra vez y de los que jamás podría saciarse. Ese pelo negro y ese cuerpo perfecto.

Allí dormido, Pace le parecía más hermoso que nunca.

Jamás había sentido tanto deseo, ni experimentado tanto placer. Hacer el amor con Pace había sido mejor aún de lo que se habría atrevido a imaginar.

Después de tantos nervios, de tantas dudas, por fin había descubierto que era cierto. Se podían ver fuegos artificiales cuando se hacía el amor con el hombre adecuado. Pero había sido más que eso, de pronto el resto del mundo había dejado de existir para ella; le habría dado igual que cayeran diamantes del cielo. Lo que habían compartido Pace y ella era algo increíblemente intenso y profundo; él le había hecho sentir las emociones más hermosas que jamás había experimentado.

Ahora el cuerpo le pedía que lo acariciara hasta despertarlo. Sus labios ansiaban volver a besarlo. Necesitaba volver a sentirlo dentro, lo necesitaba tanto que estaba aturdida. A su lado se sentía segura, bella y a salvo de cualquier peligro.

En ese momento Pace estiró un brazo por encima de la cabeza y abrió los ojos. Miró a su alrededor y, al reconocer el lugar, la buscó y, al encontrarla, apareció en sus labios una sonrisa que iluminó la habitación con más fuerza que el propio sol.

–Buenos días, preciosa –le dijo mordisqueándole el lóbulo de la oreja–. ¿Has dormido bien?

–Tú desde luego que sí –le dijo, acurrucada en su maravilloso calor–. No te has movido en toda la noche.

–Porque me dejaste exhausto… tres veces –tiró de ella contra sí, hasta que quedaron rozándose la nariz y la frente–. Pero ya estoy recuperado.

Phoebe se dejó llevar por la magia de sus besos. Tenía un talento natural para el sexo, pero sin duda también había aprendido mucho con la práctica. Quién sabía cuántas veces habría estado en esa situación con otras mujeres.

Se había demostrado a sí misma lo que quería, pero no podía tomarlo por costumbre; debía dejar atrás todo aquel deseo. Sería tan fácil enamorarse de Pace Davis y el sentido común le decía que él nunca la correspondería.

Un hombre capaz de seducir a las mujeres con tal facilidad seguramente jamás entregaba su corazón. Ahora que la había conseguido, se olvidaría de ella y buscaría un nuevo objetivo. Y no le faltarían mujeres dispuestas a ocupar su lugar.

Pero él seguía besándola y Phoebe no se resistió. Tenía intención de aprovechar a máximo las horas que le quedaran junto a él.

El momento que había decidido aprovechar aún no había terminado.

Capítulo Nueve

–Rosas –Sam Campbell le puso una llave inglesa en la mano y afirmó–: A las mujeres les encantan las rosas.

Pace salió de debajo del Mercedes que estaba revisando y pensó en el consejo de Sam. ¿Sería así de simple? ¿Una docena de rosas y se derrumbaría el muro que Phoebe había levantando a su alrededor desde hacía una semana?

Sam lo conocía mejor que nadie en el mundo. Habían estudiado juntos e incluso de vez en cuando saltaban juntos de un avión. Pace confiaba en él ciegamente y por eso había compartido con él todo lo sucedido con la deliciosa y frustrante Phoebe.

Le había hablado de la noche que habían pasado juntos, una experiencia incomparable para ambos, o al menos eso creía Pace. De regreso en Sídney, habían pasado por Brodricks para que Phoebe recogiera el coche que le correspondía por contrato. Pace se había despedido de ella con un beso y la había visto marchar. Desde entonces solo había conseguido hablar con ella una vez y había sido una conversación tremendamente extraña en la que Phoebe le había dicho que iba a estar muy ocupada durante unos días y que lo llamaría cuando tuviera tiempo.

La había llamado varias veces, pero ella no había contestado, había ido a buscarla a los estudios, pero no la había encontrado allí, incluso había pasado por su casa, pero lo único que había logrado había sido hablar con la señora G, que le había dicho que su vecina estaba fuera, visitando a unos amigos.

Pace no comprendía nada y estaba harto de jugar al ratón y al gato. No sabía si Phoebe se avergonzaba de haberse dejado llevar de ese modo con él.

–No soy ningún experto en mujeres –le dijo Sam mientras Pace maldecía entre dientes–. Pero quizá espera algo más.

–¿El qué?

–No sé… ¿una propuesta de matrimonio?

Pace se quedó helado al oír aquello y, cuando consiguió reaccionar, soltó una carcajada.

–¿Quién ha hablado de matrimonio? –tuvo que hacer una pausa para recibir una nota que agarró sin dejar de pensar en Phoebe–. Yo no quiero casarme con ella –le dijo–. Solo quiero hablar.

–¿Hablar? –le preguntó su amigo con incredulidad–. Sí, claro.

Pace meneó la cabeza y luego se acordó del papel que tenía en la mano, tendría que leerlo.

De: Nick Brodrick.
Pace, debido a los recortes, me temo que no vas a poder seguir haciendo uso del apartamento de Darling Harbour. Se ha decidido que sirva como…

Pace arrugó el papel mientras protestaba.

–¿Qué ocurre? –le preguntó Sam.

–Mi hermano está intentando cerrarme el paso una vez más.

A veces pensaba que sería mejor largarse y dejárselo todo a Nick, no tener que verlo cada día y recordar el error que había cometido. Pero no estaba dispuesto a renunciar porque aquella empresa era también era parte de él. Nick tampoco se rendiría, así que tendrían que seguir enfrentándose hasta que uno de los dos cayera.

Por el momento, no iba a perder más tiempo pensando en eso.

Tiró el papel a la basura y comenzó a caminar de un lado a otro del taller.

–Todo esto de Phoebe está volviéndome loco –admitió, aunque no sabía muy bien por qué le pasaba. Al fin y al cabo, Phoebe solo era una mujer más. Había muchas otras en la ciudad que no le darían tantos problemas–. Si fuera listo, me olvidaría de ella.

–Pero no puedes, ¿verdad? –adivinó Sam. ¿No te has parado a pensar que quizá te hayas enamorado?

–¿Qué? –meneó la cabeza–. Es lo más absurdo que he oído en mi vida.

Sam se quedó pensativo unos segundos.

–Yo no me he enamorado desde sexto, cuando Kelly McCormick me besó en el gimnasio.

–Bonita historia –se burló Pace–. Pero Phoebe y yo somos más que compatibles en la cama –confesó, acordándose del modo en que había bailado para él, de las caricias de su lengua y de todo lo que le había hecho sentir–. Pero nadie ha hablado de amor.

Solo con pronunciar aquella palabra le daban picores.

Sam seguía observándolo y no parecía muy convencido.

Pace gruñó con frustración. ¿Qué sabía él?

Sin embargo sacó el teléfono móvil. Era demasiado joven y demasiado libre para pasar por el altar. Además, apenas se conocían. Pero lo de las rosas…

Buscó el número de una floristería.

Quizá las rosas sirviesen de algo.

Phoebe miró por la ventanilla de la limusina y vio el lujoso edificio frente al que se habían detenido. Intentó controlar los nervios. Era demasiado tarde para anular la cita. Ahora que había llegado tan lejos, tenía que ver qué otras sorpresas le esperaban. Y también se lo debía a Pace, que, en lugar de rendirse después de acostarse con ella, como Phoebe había esperado, o de hartarse después de no conseguir hablar con ella durante una semana, se había esforzado aún más por volver a verla. Un esfuerzo que debía de haberle costado una pequeña fortuna.

Phoebe debía reconocer que se sentía halagada con tanta atención, pero no hasta el punto de engañarse pensando que era algo más de lo que era. Lo que ocurría era que Pace lo había pasado bien con ella y deseaba repetir la experiencia.

Respiró hondo y trató de reunir valor.

La verdad era que también ella lo deseaba.

El chófer le abrió la puerta y la invitó a salir amablemente. Ella apartó el vestido de seda color agua-marina y salió del coche.

Tenía un nudo en el estómago.

¿Dónde estaba Pace?

Pace observaba desde el interior del hotel y le gustaba mucho lo que veía.

Phoebe acababa de aparecer con un vestido muy sexy y el pelo suelto. Ante su mirada, una ráfaga de viento le levantó el vestido y descubrió unos tobillos que Pace conocía íntimamente. Debió de preguntarle algo al chófer porque éste se llevó un dedo a los labios en señal de silencio.

Pace sonrió. Se alegraba de haber seguido el consejo de Sam y se alegraba de haberlo mejorado un poco. Quizá la habría hecho sonreír con una docena de rosas y una tarjeta, pero, ¿por qué no enviarle doce docenas de docenas? Se las había hecho llegar al estudio, un ramo cada veinte minutos, hasta que, a las seis en punto, Phoebe la había llamado para aceptar su invitación a cenar. Pace le había dicho que estuviese preparada a las ocho, vestida de etiqueta.

–¿Ahora, señor? –le preguntó Ted, el portero, con gesto de conspiración.

–Sí, Ted, ahora.

El conserje se cuadró de hombros y salió por la puerta.

Desde que había regresado a Sídney, Pace apenas había utilizado el apartamento del ático de aquel lujoso edificio, pues se sentía más cómodo en su propia casa, pero la nota de Nick había sido como una provocación. Iba a demostrarle a su hermano que pensaba utilizar a aquel apartamento, y cualquier otra cosa de la empresa, siempre que le viniese en gana y si Nick pretendía que le pidiese permiso, iba a hacerse viejo esperando.

Ted condujo a Phoebe al interior del edificio ante la mirada fascinada de Pace, que no podía apartar la vista de su vestido y de la elegancia con la que se movía ella.

Una vez en el vestíbulo, Ted se despidió de ella y apareció Pace, vestido de esmoquin blanco. Al verlo, Phoebe se quedó inmóvil un momento, luego relajó los hombros y sonrió.

–Tenía miedo de haberme arreglado demasiado –le explicó.

–Estás perfecta.

Phoebe lo miró con las mejillas sonrojadas.

–Gracias por las flores, eran preciosas.

–Me alegro de que te hayan gustado.

–No deberías haber malgastado tanto dinero.

–Te han gustado y has venido, así que no lo he malgastado.

–Espero que tengas hambre.

Phoebe lo miró con curiosidad, pero, antes de que pudiera hacerle preguntas, Pace le puso un dedo sobre los labios.

–Ven conmigo.

Se metieron en el ascensor y, al llegar al último piso, Pace abrió la puerta y la invitó a entrar. Phoebe miró a su alrededor con curiosidad y fascinación. Se fijó en el enorme acuario de peces de colores, en la araña de cristal de Swarovski del salón…

–Pace, ¿cómo puedes permitirte todo esto? Aunque sea una sola noche…

No llegó a terminar la frase porque descubrió la presencia del cuarteto de cuerda que ya había empezado a tocar. Lo miró con tal asombro y tanta alegría, que Pace sonrió, satisfecho. Tres años antes habría organizado una gran fiesta con cócteles y música a todo volumen. Ahora, sin embargo le iba más aquel ambiente, para disfrutarlo con su maravillosa acompañante. ¿De qué servía el dinero si no se tenía una persona especial con quien disfrutarlo?

Phoebe se había quedado sin palabras. Aquel lugar era sencillamente increíble. Los peces, la lámpara de cristal, ¡el cuarteto de cuerda!

De pronto se dio cuenta de que Pace la esperaba junto a la puerta que conducía a la terraza. Pasó por debajo de la cortina que él mantenía bajada y salió a una terraza inundada por el aroma de las buganvillas y de la comida que había sobre una mesa elegantemente preparada.

Era un auténtico festín. Un festín para dos.

Miró a Pace y pensó que, con aquel esmoquin blanco, parecía un auténtico playboy. Había nacido para llevar esa clase de ropa.

Tenía la impresión de que iba a ser una noche inolvidable.

La llevó hasta la mesa, donde Pace se quitó la chaqueta y sacó una botella de champán de un cubo de hielo. Sirvió dos copas.

–Quiero proponer un brindis –anunció.

A Phoebe se le aceleró el pulso mientras levantaba su copa.

–Por la música y por nuestra segunda oportunidad –dijo él.

Después de brindar, Pace esperó que probara el chispeante líquido para acercarse a ella y rodearla con sus brazos. Phoebe se dejó envolver en su calor y al sentir sus manos en la espalda, tuvo que contener un suspiro. Empezaron a moverse al son de la música, Phoebe lo seguía instintivamente.

–¿Te parece bien que la de hoy sea una fiesta privada? –le preguntó, mirándola fijamente.

–Depende –respondió Phoebe, tratando de disimular el hecho de que estaba derritiéndose entre sus brazos–. ¿Haces todo esto a menudo?

Pace se acercó para responderle al oído.

–Nunca.

Phoebe deseaba creerlo. Lo miró a los ojos y trató de no desmayarse.

–Pensé que te darías por vencido –reconoció.

–¿De intentar verte? Ni mucho menos.

Llevaba cinco minutos con él y ya no podía controlar los latidos de su corazón. Necesitaba ir más despacio, quería saborear cada momento.

–¿Por qué no contestabas a mis llamadas, Phoebe?

Ella bajó la mirada con culpabilidad.

–Ya te dije que estaba muy ocupada.

–¿Demasiado ocupada para esto? –le rozó la frente con los labios.

Sus pechos reaccionaron de inmediato, fue como si ardieran y se endurecieran de golpe.

Lo miró a los ojos y respondió:

–Esta noche no estoy muy ocupada.

Antes de llamarlo, Phoebe se había prometido a sí misma que lo vería, incluso se acostaría con él, pero no iba a engañarse a sí misma pensando que podría haber algo más. Había jurado que controlaría sus sentimientos. No quería ni pensar cuántas mujeres habrían creído estar enamoradas de Pace Davis... y sin embargo él seguía soltero.

Era evidente que no buscaba nada serio, nada permanente. Pero por el momento, Phoebe estaba encantada de estar con él y poder disfrutar lo que le deparara el futuro más inmediato.

–¿Tienes que trabajar mañana por la mañana? –le preguntó él, moviéndose con la música.

–No te andas por las ramas, ¿verdad? –trató de ocultar la emoción que le provocaba lo que sin duda le estaba pidiendo.

–Contigo, no –le levantó la cara suavemente y la besó en los labios.

Phoebe respiró hondo, tratando de ser fuerte porque no quería que el deseo se apoderase de ella, al menos por el momento. No quería que Pace supiese el tremendo efecto que ejercía en ella.

–Menos mal que dentro hay cuatro carabinas –bromeó ella.

–¿Te sientes insegura conmigo?

–Insegura no es la palabra.

–¿Vulnerable?

Pensó en mentir, pero optó por ser sincera.

–Sí, un poco.

Sintió sus dedos acariciándole la espalda, que el vestido dejaba al descubierto, y con la otra mano le apretó la suya.

–Pace, ¿no estarás pensando atarme?

–No, ya sabes que prefiero que tengas las manos libres.

En la mente de Phoebe apareció una imagen que la hizo acalorarse. Se vio a sí misma con las manos en sus caderas, mientras su boca disfrutaba y se esmeraba en la tarea. Sintió un latido entre las piernas y tuvo que cerrar los ojos para disimular la excitación.

–Quizá deberíamos saltarnos la cena –propuso él.

Phoebe abrió los ojos y trató de parecer tan segura como él. No era así ni mucho menos, pero no por eso quería poner fin a lo que estaba ocurriendo.

–¿No tienes hambre? –le preguntó.

–Tengo un hambre voraz –dijo, apretando la pelvis contra la de ella.

–¿Qué hay de cena, entonces? –siguió ella, con la voz entrecortada.

Pace la miró a los ojos.

–Tú.

Phoebe se echó a reír a pesar de estar temblando por dentro.

–Todos estos días no he podido pensar en otra cosa que no fuera besarte –le confesó él.

–No sabía que te hubiese causado tanta impresión.

–Claro que lo sabías.

Subió la mano hasta su nuca y le tiró la cabeza hacia atrás ligeramente para después apoderarse de su boca. Phoebe volvió a verse invadida por las sensaciones, por la debilidad y por el deseo. Pero era mucho más intenso que la semana anterior. Lo cierto era que tampoco ella había podido pensar en otra cosa que no fuera besarlo.

–Podría pasarme la noche bailando contigo –le susurró al oído cuando dejó de besarla.

Ella apenas podía controlar el ritmo de su respiración. Solo tenía que tocarla… ahí, y explotaría en mil pedazos.

–Si nos pasamos la noche bailando, la cena se quedará fría.

–Ah, no, eso no podemos permitirlo –aseguró en tono burlón, pero la agarró de la mano y la llevó hasta la mesa.

Había todo tipo de manjares, pero Phoebe le pidió empezar por las fresas con chocolate, dos sabores que explotaron en su boca de un modo tan delicioso, que cerró los ojos sin darse cuenta para disfrutarlo aún más. Después de comerse el resto de la fresa mojada en chocolate, se pasó la lengua por los labios. Fue entonces cuando sintió la mirada de Pace.

Al abrir los ojos se encontró con que estaba observándola con cara de fascinación. A Phoebe se le endurecieron los pezones bajo el vestido de seda.

–¿Te gustan las cosas dulces? –le preguntó él.

–Son mi debilidad.

–Cierra los ojos.

Lo miró un segundo antes de apoyarse sobre la mesa y hacer lo que le pedía. Estuvo a punto de pasarse la lengua por los labios de nuevo, pero no quería parecer demasiado ansiosa.

–Abre la boca –susurró él.

Lo hizo con impaciencia.

–Más. Ábrela más, Phoebe.

Tenía el corazón en la garganta. De pronto sintió el frío del metal de una cuchara y después un sabor increíblemente dulce y delicado que se le derritió en la boca. Imaginó a Pace poniéndole la cuchara en la boca y el placer no hizo sino aumentar, preparándose para lo que llegaría después.

Oyó los violines a lo lejos, como si estuvieran en otro lugar, en otra dimensión. Sintió el aroma de Pace cerca de ella y el calor de su respiración en el rostro, prácticamente podía sentir los latidos de su corazón. Nunca había experimentado nada parecido... y seguramente no volvería a ocurrir.

–¿Quieres más, Phoebe?

Asintió sin titubear. Esperaba volver a notar el frío de la cuchara, pero lo que sintió fue las manos de Pace en la cintura, unas manos que la levantaron y la sentaron sobre la mesa. Abrió los ojos, lo miró fijamente y se preparó para lo que quisiera ofrecerle a continuación.

Mientras la besaba, Pace le bajó los tirantes del vestido. Sintió el aire frío en los pechos. Se inclinó hacia él, dispuesta a dejarse desnudar por completo, hasta que se acordó de los músicos y se preguntó qué pasaría si alguno de ellos decidía salir a la terraza.

Se apartó de él con gran esfuerzo y se subió un poco el vestido.

–¿No deberíamos pedirles a los músicos que se fueran?

Él le apartó un mechón de pelo de la cara, con absoluta tranquilidad.

–Les dije que se marcharan cuando lleváramos cinco minutos de la terraza. Lo que se oye es un disco.

Phoebe pensó en ello unos segundos antes de sonreír.

–Siempre piensas en todo, ¿verdad?

–Quería estar a solas contigo –explicó él–. Y tú conmigo.

Tenía razón. La semana que había pasado sin él le había parecido una eternidad. Le echó un brazo alrededor del cuello y se estiró hasta alcanzar su boca. Se le estremeció todo el cuerpo al sentir su mano en la pierna y luego en el vientre, desde donde se coló por debajo de sus braguitas.

–Más. Abre más, Phoebe –le dijo él sin apartar la boca de sus labios.

Phoebe obedeció y, del mismo modo, dejó que la tumbara sobre la mesa, arrastrándolo consigo. Se concentró en aquel placer que ahora ya conocía bien y que sabía que aún tenía que mejorar.

Arqueó la espalda hacia él y le sacó la camisa de los pantalones, momento en el que él le arrancó las braguitas con furia, con deseo. Phoebe lo vio bajarse los pantalones y protegerse rápidamente antes de sumergirse en ella en un solo movimiento.

Echó la cabeza hacia atrás. Pace la llenaba de tal modo que no tenía más remedio que entregarse por completo a aquella mágica sensación. Él la miró fijamente empezó a moverse mientras la miraba a los ojos. Phoebe le echó las piernas alrededor de la cintura, lo que le permitió sentir y disfrutar aún más. Cuando empezó a notar la explosión de calor, él se movió con más fuerza hasta que, apretándose contra ella, los dos alcanzaron juntos esa hermosa y ardiente sensación.

Cuando todo se hubo calmado, Phoebe sintió una emoción que prefirió no analizar.

Era tan maravilloso que no quería que acabara nunca.

Tumbada en la suntuosa cama del apartamento horas más tarde, Phoebe miró al techo y siguió flotando.

Después del apasionado encuentro en la terraza, Pace la había llevado al dormitorio, había terminado de quitarle el vestido, la había acostado sobre sábanas de raso y la había acariciado tiernamente. Habían hecho el amor por segunda vez con menos furia, pero con una pasión, si cabía, más intensa. Era como si hubiesen descifrado la clave que les permitía disfrutar de las maravillas que ofrecía la unión de sus cuerpos.

Ahora, desnudos y juntos en la cama, satisfechos y exhaustos, Phoebe era incapaz de arrepentirse de haber aceptado su invitación. Pasase lo que pasase, había merecido la pena pasar la noche con él. Porque se sentía bien consigo misma y eso era algo nuevo para ella. Un hombre había hecho que se sintiese bien consigo misma, lo cual hizo que se planteara una pregunta…

¿Sería eso lo que había sentido su madre por su padre? ¿Que, de alguna manera, se había convertido en parte de él? ¿Que de un modo inexplicable eran uno solo?

Seguía sin perdonarle que hubiese perseguido a un hombre al que ya no interesaba y que no había querido saber nada de la hija que tenían en común. Pero comprendía mejor lo que era encontrar a una persona que la hacía sentirse completa.

Porque eso era lo que sentía ella con Pace.

Se acurrucó contra él, tratando de no pensar en la presión que sentía en el pecho.

—¿Estás bien? –le preguntó Pace.

Le acarició la fina capa de vello que le cubría el pecho.

—Me estaba preguntando cuánto tiempo podríamos quedarnos.

—Todo el que queramos.

Phoebe sonrió para sí, imaginándose la fortuna que debía costar aquel lugar.

—No quiero que tengas que pagar dos noches…

después de todo lo que has debido de gastarte en las rosas.

—Ya te he dicho que eso no importa.

—Pero una habitación como esta, con un cuarteto de cuerda, la cena, el champán de importación… No me gustaría que hubieses tenido que pedir dinero prestado…

Pace se giró para mirarla cara a cara.

—Deja de preocuparte, Phoebe. Tengo dinero suficiente para hacer lo que me plazca.

Phoebe lo miró detenidamente, sin comprender. Su situación económica no era asunto suyo, al fin y al cabo, no estaban pensando en pedir juntos una hipoteca. Simplemente tendría que aceptar su palabra y creer que podía permitirse todos aquellos lujos.

—¿Nos vemos otra vez esta noche? –le propuso él.

Phoebe contuvo la respiración. Esa vez no iba a dejar que las dudas se interpusieran en su camino; había ido allí a disfrutar al máximo… e iba a hacerlo todo el tiempo que pudiese. Pero eso no quería decir que esperase que Pace le dijese que la amaba ni nada por el estilo.

Esa noche había descubierto que se parecía a su madre más de lo que habría querido admitir, pero no por eso iba a permitir que se repitiese la historia. No iba a hacer el tonto por culpa de un hombre. El día que esperase de aquella relación más de lo que era lógico esperar, el día que sintiese que se estaba dejando llevar demasiado… ese día pondría fin a todo aquello y se marcharía.

Capítulo Diez

La semana siguiente, Pace y Phoebe se vieron todas las noches. A medida que pasaban los días, ella esperaba el momento de verlo con más impaciencia.

Todas esas noches, Pace la dejaba en su apartamento, pero no entraba por más que ella se lo pidiese.

No comprendía lo que ocurría porque cada vez que estaban juntos, echaban chispas y, sin embargo, él parecía no querer volver a acostarse con ella.

Después de cenar en un magnífico restaurante chino, dieron un paseo agarrados de la mano por las calles más comerciales de Sídney, donde se entretuvieron mirando los escaparates de las tiendas.

Phoebe se descubrió admirando los expositores de las joyerías. Nunca había tenido ningún motivo para fijarse en los diamantes, pero seguramente todas las mujeres sentían curiosidad.

−¿Te gusta algo? −le preguntó Pace−. El otro día dijiste que pronto es tu cumpleaños, ¿quieres que elijamos algo juntos, o prefieres que sea una sorpresa?

Parecía que su fascinación por los diamantes había resultado demasiado obvia, pero no quería que Pace creyese que estaba insinuándole nada.

–No tienes por qué regalarme nada –se apresuró a decir, avergonzada.

–Claro que sí, quiero hacerlo. Algo que vaya con tus ojos, quizá un jade o una esmeralda… No, me parece que eres más chica de diamantes, ¿verdad?

Ella meneó la cabeza. ¿Quién no lo era?

Pace le pasó un dedo por el cuello, provocándole un escalofrío.

–Un collar –decidió, pero luego le agarró la mano y le acarició la muñeca–. O una pulsera.

Phoebe se dio media vuelta, hasta darle la espalda. Él la abrazó por detrás mientras ella volvía a perder la mirada en el escaparate. Había una joya que le llamó particularmente la atención, un precioso solitario que brillaba más que ninguna otra piedra, hasta el punto de que se le humedecieron los labios.

Eso quería decir que tenía que dar marcha atrás. Pace le había preguntado qué quería por su cumpleaños, no si quería casarse con él. Bien era cierto que la trataba de maravilla, que era divertido y un magnífico amante. Pero también lo era que apenas lo conocía; no sabía nada de él, excepto que trabajaba para Brodricks y que tenía ciertas extravagancias. Comía en los restaurantes más caros, bebía los mejores vinos. ¿Cuánto le pagarían?

–¿Cuánto tiempo llevas trabajando en Brodricks?

–A veces me parece que toda la vida.

–¿Fue tu primer trabajo?

–Prácticamente.

–Deben de pagarte bien.

–¿Qué? –la miró con gesto juguetón–. ¿Estás segura de que eres presentadora de televisión, porque se te dan muy bien los interrogatorios?

Phoebe se habría disculpado, pero en realidad solo intentaba conocerlo un poco mejor. No era una cazafortunas, tenía un trabajo que le gustaba y donde le pagaban bien.

—Tengo relación con los Brodricks desde hace mucho tiempo —admitió al tiempo que echaba a andar de nuevo, agarrándola por la cintura.

—Supongo que esperarás que te asciendan algún día.

—Lo que realmente me gustaría sería crear algo nuevo, un negocio que pudiese llevar con orgullo el nombre de los Brodrick.

—Seguro que tu jefe te lo agradecería con una buena recompensa económica.

Pace esbozó una sonrisa.

—¿Tú crees? La verdad es que no le imagino regalando nada —se encogió de hombros antes de añadir—. Quizá sea mejor así.

Habían llegado al coche. Eran más de las once y los dos tenían que trabajar al día siguiente, pero Phoebe deseaba dormir con él aquella noche, quería sentir su olor en la almohada y ver su sonrisa por la mañana. ¿Acaso estaba esperando que le suplicara?

Llevaban un rato en el coche cuando Phoebe se dio cuenta de que se había detenido ante unas enormes puertas automáticas. La vibración del motor la había dejado medio dormida, pero sabía que no estaban ni siquiera cerca de su barrio. Allí solo vivían los más ricos.

Vio abrirse las puertas y apareció antes ellos una casa que más bien era una mansión.

–No entiendo nada –admitió.

–He pensado que ya era hora de invitarte a mi casa.

Phoebe se echó a reír. Aquello no podía ser la casa de nadie, ¡era un palacio! Pero lo miró a la cara y vio que parecía sincero.

–Dios mío, lo dices en serio. ¿Esta es tu casa?

–Era de mis padres pero, sí, ahora es mía. Después de que muriera mi padre, le compré la otra mitad a mi hermano.

Phoebe no daba crédito. Aunque de pronto empezaba a entender ciertas cosas. Quizá trabajara para Brodricks, pero era evidente que tenía un generoso patrimonio personal. ¿Qué más tendría?

A un lado de la casa había una piscina de medidas olímpicas y, tras ella, una impresionante rosaleda y una fuente con una estatua de piedra.

Ya frente a la entrada de la mansión, Pace paró el motor y se inclinó hacia ella.

–Phoebe, quédate a pasar la noche conmigo.

Estaba aturdida. ¿Cómo iba a pasar la noche en aquella casa? ¿Sería cierto que era el dueño?

–¿Phoebe?

No sabía qué decir. Era un paso importante, estaba invitándola a entrar en otra parte de su vida y no sabía si eso era bueno o malo. Era maravilloso saber que deseaba estar con ella tanto como ella con él, pero quizá ella estuviese sintiendo más de lo que debía.

La confusión que sentía no tenía nada que ver con lo que había ocurrido esa noche. Solo necesitaba un poco de tiempo para idear un plan para seguir adelante.

Necesitaba una excusa antes de que acabara cambiando de opinión y persiguiéndolo como un corderito.

–Le he prometido a Roz que tomaríamos café juntas mañana a primera hora.

–Phoebe –le dijo, hablando contra su boca mientras la miraba a los ojos–. ¿De qué tienes miedo? Solo es una casa.

–Pues, si te soy sincera, estoy un poco abrumada. Claro que quiero quedarme, pero me cuesta creer… –miró a su alrededor de nuevo–. Todo esto.

Bajó la mirada con gesto triste.

–No estás jugando conmigo, ¿verdad, Pace?

Él le puso la mano en el pecho y le besó la cara.

–No, Phoebe. No estoy jugando.

La llevó al interior de la casa y se limitó a conducirla a un dormitorio donde había una cama más grande que su cocina. Pace la agarró de la cintura y comenzó a besarle el cuello. Ella levantó la mirada automáticamente. Estaba temblando de deseo y no sabía cuánto tiempo le aguantarían las piernas.

–Quédate conmigo esta noche –insistió él con voz profunda.

Cuando se apoderó de su boca, Phoebe se derritió en sus brazos.

No habría podido decir que no aunque lo hubiese intentado.

Capítulo Once

Dos semanas después, Pace aparcó su Ducati 916 junto al Audi de Nick. Nick odiaba las motos, no le gustaba su aspecto, ni el ruido que hacían.

Con una sonrisa en los labios, Pace aceleró un par de veces más antes de apagar el motor. No había nada como empezar bien el día. Aunque lo cierto era que esas dos últimas semanas la presencia de Nick y sus continuos intentos por impresionar no habían conseguido molestarle.

No quería recuperar su puesto al frente de la empresa, ni mucho menos, pero últimamente había empezado a cuestionarse la utilidad de su seudónimo. No podía vivir el resto de su vida con un nombre falso, aunque estaba seguro de que a Nick no le importaría; se sentía feliz cuando Pace Davis iba un paso por detrás de él.

Antes de entrar al edificio, vio la carpa que estaban instalando para la celebración de esa noche. Era la fiesta anual de los clientes y patrocinadores. En otro tiempo, Pace no se habría perdido tal acontecimiento; esa noche, sin embargo no tenía intención de acudir, prefería quedarse en casa con Phoebe, como había hecho todas las noches durante las últimas semanas.

Una vez en el interior del edificio, levantó la mirada hacia las oficinas. ¿Eran imaginaciones suyas o Nick apenas se había dejado ver en los últimos días? Tenía la sensación de haberlo tenido menos encima, pero quizá se debiera a que había estado absorto con Phoebe y con lo que le hacía sentir. Sí, se sentía fuerte y seguro, pero además de eso, estaba contento consigo mismo y con el mundo. Cuando estaban juntos, tanto su cuerpo como su mente actuaban de manera predecible, preparándose de inmediato para abrazarla y hacerle el amor hasta quedar los dos exhaustos. No se cansaba de acariciarla, de tenerla acurrucada a su lado. Pero, ¿eso era todo lo que quería de ella?

–¿Estás bien, Pace? –le preguntó el limpiador, al verlo allí de pie–. Parece que hubieras olvidado algo.

–Estoy bien, sí. Solo un poco distraído.

Lo cierto era que llevaba distraído desde la noche que había conocido a Phoebe, pero su fascinación por ella no dejaba de crecer. Daba igual lo que hicieran, entre ellos había una química y una conexión inacabables.

No se parecía a ninguna otra mujer que hubiese conocido. Durante el día esperaba impaciente el momento de verla y le costaba despedirse de ella por las mañanas. Ya estaba bien de perder el tiempo. Ese fin de semana le pediría que se fuese a vivir con él.

Quizá fuera algo drástico, pero era una tentación irresistible.

Pero había otra cosa que le preocupaba.

¿Cómo se lo tomaría cuando le contara que había cosas de Pace Davis, o Davis Pace Brodrick, que no sabía? Cosas como que tres años antes había perdido su trabajo porque había estado demasiado ocupado pasándoselo bien. ¿Comprendería que se lo hubiese ocultado? Lo más probable era que se sintiera ofendida. Claro que nadie contaba sus secretos en la primera cita, ni en la segunda.

Ella, sin embargo, sí le había contado mucho sobre sí misma.

Siguió caminando por el pasillo de los despachos y, al acercarse al de Nick, lo imaginó inmerso en el trabajo, como siempre. Pero al llegar a su puerta, se detuvo en seco.

Nick estaba sentado a su mesa, sí, pero tenía la cara hundida entre las manos y parecía a punto de derrumbarse. Llevaba el pelo alborotado y el nudo de la corbata sin apretar.

¿Qué ocurría? ¿Le habría pasado algo a Amy?

El sonido del teléfono móvil de Pace le hizo levantar la cabeza. Pace apretó un botón sin ver quién le había enviado un mensaje. Nick volvió a bajar la mirada, pero no con su arrogancia habitual. Tenía ojeras, el rostro sin afeitar y parecían faltarle las fuerzas para hablar.

–Parece que no tienes una buena mañana –observó Pace.

–Así es.

Pace se acercó un poco más.

–¿Va todo bien en casa?

Su hermano no respondió, ni se movió. No era propio de él mostrarse tan aletargado. ¿Qué había sido de sus comentarios irónicos, de su agresiva competitividad?

Pace se disponía a repetir la pregunta, cuando Nick lo interrumpió:

—En casa va todo bien, Pace.

—¿Estás enfermo?

Nick descolgó el teléfono que tenía sobre la mesa y apretó un botón.

—Tengo una reunión dentro de una hora y...

—Puedes cancelarla —Pace se acercó a su hermano y le quitó el auricular de la mano—, hasta que me digas qué demonios está pasando. Si no tiene nada que ver con Amy, es por la empresa, de la que sigo siendo dueño al cincuenta por ciento.

Tenía derecho a saber lo que ocurría.

Nick le lanzó una mirada de desprecio.

—Por si no te acuerdas, llegamos a la conclusión de que era mejor que yo dirigiese el negocio.

Pace intentó controlar los nervios. Dejó el casco de la moto sobre la mesa y giró la butaca de Nick para obligarle a mirarlo a la cara.

—Nick, te tiemblan las manos, por el amor de Dios. Quizá pueda ayudarte.

Nick parpadeó, después miró a los ojos a su hermano durante varios segundos antes de soltar toda la tensión que le agarrotaba el cuerpo.

—Supongo que acabarás enterándote de todos modos —farfulló mientras se quitaba la corbata del todo.

Pace empezaba a preocuparse. Reconocía la mirada de su hermano; estaba derrotado y herido en su orgullo. Era lo mismo que había sentido él tres años antes, cuando había cometido aquel error que lo había obligado a renunciar a dirigir la empresa. Ese día, Pace apenas había podido mirar a Nick a los ojos y él no se lo había puesto nada fácil.

Sin embargo ahora…

Acercó una silla y se sentó junto a él.

–Nick, déjame que te ayude –le dijo sin el menor enfado.

Necesitaba saber qué ocurría. Amaba aquella empresa tanto como Nick y haría todo lo posible por resolver cualquier problema. De nada serviría comportarse como un cretino.

Poco a poco fue desapareciendo la rabia de su rostro hasta que no quedó nada excepto las más absoluta desolación.

–Estoy metido en un lío –le confesó por fin.

Pace pasó la siguiente hora escuchando el relato de lo ocurrido. Empeñado en prosperar en el negocio con la intención de honrar la memoria de su padre y llevar la empresa hacia nuevas cotas, dos años antes, Nick había empezado a negociar con un grupo de ingenieros ajenos a Brodricks. Juntos habían discutido en profundidad la idea de crear una especie de supercoche que llevara la marca Brodricks.

Pace se quedó helado. Sabía que Nick y él siempre habían sido rivales, pero eso era algo que debería haberle consultado.

–¿Por qué no hablaste conmigo?

–Por orgullo –admitió Nick–. Y por estupidez. Tú habías mencionado un negocio parecido. Desde el punto de vista del negocio, sabía que debía hablarlo contigo, pero personalmente… no quería que me quitaras protagonismo.

Siguió explicándole que había empezado a invirtiendo dinero, primero el suyo propio y luego el de la empresa, pero cada vez que intentaban aplicar una nueva tecnología o un nuevo material, sucedía algo que lo impedía; o el material no estaba preparado o surgía otro problema. Una y otra vez, los ingenieros le aseguraban que pronto estaría todo listo. Pero no era así.

–Y yo invertía más y más. Anoche me llamó la persona con la que siempre hablo y me dijo que había habido un contratiempo y que iban a necesitar al menos dos años más. Yo le dije que la economía de Brodricks no podía hacer frente a dos años de retraso.

Nick cerró los ojos y a Pace le conmovió ver así a su hermano, imaginar lo que debía de estar sufriendo.

–He metido la para –murmuró meneando la cabeza.

–Todos cometemos errores.

Nick lo miró sin comprender.

–Esta es tu oportunidad. ¿Por qué no me lo echas en cara?

–Porque no conseguiremos salvar la empresa si seguimos comportándonos como niños. Sinceramente, yo ya estoy harto de hacerlo, Nick. ¿Tú no?

Su hermano lo miró durante un periodo de tiempo que a Pace se le hizo interminable y tras el cual, asintió.

Al verlo sonreír, Nick también sonrió y asintió de nuevo con más firmeza. Se dieron la mano para sellar la decisión. Pace se sintió bien, después de tanto tiempo, se sintió bien con su hermano.

–Entonces… –dijo Nick con algo más de energía–. ¿Qué hacemos?

–Algo radical. Algo que no hemos hecho nunca antes –Pace se puso en pie y añadió–: Trabajar juntos. Desde este mismo momento.

Esa misma tarde, Phoebe aparcó su precioso BMW frente a la casa mansión de Pace. Como cada noche, estaba impaciente por verlo y pasar la noche con él.

En un principio había creído que, una vez que se acostumbraran a hacer el amor el uno con el otro, la chispa se iría debilitando. Pero lo cierto era que las sensaciones eran cada vez más intensas y a veces, cuando Pace la llevaba hasta el clímax, Phoebe juraba que no le importaba morirse en ese mismo instante, porque se sentía completa, se sentía cuidada y apreciada.

Le resultaba muy duro separarse de él por las mañanas, aunque supiera que iba a verlo esa misma noche. Durante el día, él siempre la llamaba para preguntarle qué planes tenía y decirle que fuera a su casa directamente, después del trabajo. Alguna vez se le pasaba por la cabeza la idea de decirle que no, para ver cómo reaccionaba, pero nunca podía hacerlo, solo podía asentir y pasar el resto del tiempo contando los minutos que le quedaban para verlo.

Se desabrochó el cinturón de seguridad y salió del coche con una extraña sensación en la boca del estómago. Ese día Pace no la había llamado y ella no había conseguido hablar con él. No estaba preocupada. Esa misma mañana la había llamado preciosa y se había despedido de ella diciéndole «Hasta la noche».

No había olvidado que se suponía que aquello sería algo temporal, ni que se había jurado a sí misma que no se permitiría sentir nada demasiado serio por él. Pero estaban tan bien juntos, pensó mientras subía los escalones del porche. Estaban mejor que bien.

Phoebe deseaba que su vida siguiera tal cual era en esos momentos. Ni siquiera los comentarios de Steve le molestaban ya, aunque también ayudaban los buenos resultados de audiencia que estaba obteniendo el programa. Cuando se era tan feliz, el mundo entero parecía mejor.

Al no saber nada de Pace, Phoebe había pasado por su casa a cambiarse antes de ir a la de él; había querido ponerse algo especial para ir a verlo. Enfundada en su vestido amarillo, llamó al timbre de la puerta. Tuvo que esperar bastante, más de lo habitual y, estaba a punto de llamar de nuevo, cuando se abrió la puerta y apareció Pace al otro lado.

La sonrisa se le borró del rostro a Phoebe al ver el gesto de sorpresa de Pace y verlo maldecir entre dientes.

Se le hizo un nudo en la garganta. ¿Había olvidado que iría? No era posible. Esa mañana había dado la impresión de estar ansioso, igual que ella. Pero su reacción y su atuendo daban a entender que tenía otros planes. Nadie se paseaba por su casa vestido de esmoquin.

—Sigue en pie lo de esta noche, ¿no? —le preguntó tratando de sonreír.

Él le dio un rápido beso en las mejillas y después se miró los gemelos con gesto distraído.

—Ha surgido algo que no puedo cancelar. Yo... —miró el reloj—. Tengo que trabajar hasta tarde en Brodricks.

Phoebe lo miró enarcando ambas cejas.

—¿Vas a trabajar de esmoquin?

—Lo siento, pero ahora mismo no tengo tiempo —miró a su espalda, al interior de la casa—. Puedes quedarte aquí si quieres.

Se le cayó el alma a los pies al oír aquello. ¿Si quería?

—No, no, no hace falta —se recuperó lo más rápido que pudo.

No iba a quedarse allí esperando a que volviera, acabaría perdiendo la cabeza a la espera de oír llegar su coche.

—Entonces hasta luego —dijo, tratando de tragar las lágrimas que se le agolpaban en la garganta.

—Mejor hasta mañana —la agarró de los hombros

y la miró de un modo que le devolvió parte de esperanza–. No puedo librarme de esto –se oyó el timbre del teléfono en el interior de la casa y Pace se echó a andar para responder—. Te llamaré –le dijo después de darle otro rápido beso.

Unos segundos después, Phoebe volvía a su coche con las piernas temblorosas y una terrible sensación de soledad. No podía dejar de preguntarse qué demonios acababa de ocurrir. Su lado más racional le dijo que se calmara, que Pace tenía un compromiso laboral del que se había olvidado. Nada más.

Pero también había olvidado llamarla en todo el día, y que tenía una cita con ella. Normalmente la recibía con un beso ardiente y una mirada con la que conseguía seducirla en unos segundos.

De pronto se le pasó una incómoda idea por la cabeza. ¿Realmente tendría que trabajar? ¿No sería que tenía otros compromiso menos profesional?

Se subió al coche con los ojos llenos de lágrimas, agarró el volante y respiró hondo varias veces para intentar calmarse. Nunca se había sentido tan aplastada. Pero, en lugar de echarse a llorar, gruñó con fuerza.

Dios, se estaba volviendo loca. Lo único que se le ocurría era volver a llamar a su puerta y preguntarle si aún quería ser su amante. Estaba claro que ya no le importaba tanto como él a ella. Él no estaba sentado en su coche, temblando y preguntándose si aquello era el principio del fin.

Había llegado el momento de pisar el freno y retirarse porque sus sentimientos eran demasiado profundos. Se había preguntado si la atracción que sentía el uno por el otro se debilitaría con el tiempo. Odiaba pensar en ello, pero…

Quizá su atracción por ella sí se había debilitado.

Pace se quedó junto a la puerta del edificio de Brodricks, donde la multitud que había fuera no podía verlo. Tenía los nervios agarrotados en el estómago. En unos segundos saldría a dirigirse a sus socios, a los representantes más importantes de la industria y a sus clientes. Era su segunda oportunidad.

Se colocó la chaqueta y la corbata y trató de sonreír.

Nick y él habían acordado trabajar codo con codo en adelante y Pace estaba contento ante dicha perspectiva. Casi se alegraba de que la empresa hubiese sufrido aquel problema, porque les había dado la oportunidad de madurar y dejar atrás las rencillas del pasado. En lugar de competir, ahora trabajarían juntos.

Como debían hacerlo los hermanos.

Antes de abrir la puerta, recordó dónde había estado el día anterior a esas horas… en el dormitorio, con esa mujer que parecía no saciarse de él, como él no se saciaba de ella.

Se había sentido fatal al verla al otro lado de la puerta de su casa. No se había olvidado de ella por completo, pero se había pasado todo el día retrasando el momento de llamarla por un motivo u otro,

130

pero principalmente porque había estado pendiente de Nick y de organizarlo todo.

Finalmente abrió la puerta y se abrió paso entre la gente.

Nada de eso justificaba que hubiese olvidado una cita. Pero no había tenido otra opción. Las cosas habían cambiado drásticamente. Esa noche haría lo que tenía que hacer y por la mañana llamaría a Phoebe. Al día siguiente todo habría vuelto a la normalidad y podrían seguir donde lo habían dejado.

Si ella no lo odiaba por haberle ocultado su verdadera identidad y si aceptaba que a partir de ahora tuviera menos tiempo libre.

Llevaba cinco años dejándose distraer de sus obligaciones, pero ahora iba a poner toda su energía en llevar la empresa hasta el éxito, igual que había hecho su padre. Brodricks y Nicks lo necesitaban tanto como él a ellos. Ya estaba bien de peleas y de holgazanear. Iba a devolverle al negocio toda la fuerza que había tenido en otro tiempo y así conseguiría redimirse… Esas eran sus prioridades.

Y esa vez, nada iba a interponerse en su camino.

Capítulo Doce

Después de conducir durante una hora, Phoebe tomó una decisión con la que no estaba del todo satisfecha, pero que iba a llevar a cabo de todos modos.

Nada más llegar al aparcamiento de Brodricks se le encogió el estómago. Estaba abarrotado de coches de lujo y se oía música a lo lejos. Salió del coche y se secó el sudor de las manos. Había ido a ver si Pace estaba allí, pero no esperaba semejante espectáculo.

Pero el caso era que tenía sentido. Su jefe debía de haberle obligado a asistir a aquella fiesta de etiqueta. Quizá tuviera que hacer alguna presentación y por eso le había parecido nervioso.

Se planteó que quizá debería dar media vuelta y volver a subirse en el coche, pues no quería que Pace pensara que estaba espiándolo, aunque eso era precisamente lo que estaba haciendo.

Pero bueno, ya que estaba allí…

Quizá cuando terminara la fiesta pudieran volver juntos a casa y pasar la noche como más les gustaba.

Una brisa fresca le acarició los brazos y la obligó a ir más deprisa hacia la puerta, donde la recibió un hombre de uniforme. Phoebe le advirtió de que no había sido invitada, pero era amiga de Pace Davis. Al ver el gesto de confusión del hombre, Phoebe le proporcionó más información.

—Pace es el asesor técnico de la empresa.

El guardia comprobó la lista y por fin la dejó pasar.

Ya dentro, preguntó por él a un camarero, pero tampoco parecía conocerlo. Justo en ese momento se apagó la música y todo el mundo se volvió a mirar a un hombre innegablemente atractivo que había subido al escenario y se disponía a hablar.

—Buenas noches a todo el mundo —dijo—. Gracias a todos por venir porque sé que este va a ser un acontecimiento muy especial para todos. Soy Nicholas Brodrick...

—Es el jefe —la informó el camarero.

Phoebe asintió e hizo lo que el resto de los presentes, escuchar su discurso y, cuanto más lo miraba, más tenía la sensación de conocerlo de algo. Había algo que le resultaba familiar. Seguramente se había cruzado con él cuando había ido a buscar su coche.

—Esta noche también es muy especial para mí —estaba diciendo—. No solo por trabajo, también personalmente. Soy presidente de Brodricks desde hace tres años, pero ahora quiero dar la bienvenida a mi nuevo copresidente, alguien que conoce la empresa como la palma de su mano.

Phoebe se puso de puntillas para buscar a Pace, mientras todos los demás tenían la mirada clavada en el escenario. Parecía que la noticia estaba siendo toda una sorpresa.

Nick Brodrick continuó hablando.

–Algunos de vosotros lo conoceréis ya porque hasta hoy era nuestro jefe de mecánica y asesor técnico...

Aquellas palabras atrajeron la atención de Phoebe.

¿Asesor Técnico? Aquel hombre estaba presentando a Pace.

–Vamos a dar la bienvenida al nuevo copresidente de Brodricks Prestige Cars... ¡mi hermano... Davis Brodrick!

Todo el mundo empezó a aplaudir. Todos...

Menos Phoebe.

Se quedó inmóvil, con la mirada clavada en el escenario. Quizá no lo había oído bien. ¿Había dicho Davis Brodrick? Pero el asesor técnico de aquella empresa era Pace.

En medio del barullo, Phoebe vio a un hombre de aspecto atlético que estaba abriéndose paso entre la multitud con la fuerza de un dios capaz de separar los mares. Los focos le seguían y la música sonaba a un volumen atronador. Fue entonces cuando Phoebe consiguió verle la cara... el cabello negro como el carbón, los ojos azules...

Y de pronto se quedó sin fuerzas. Recordó el modo en que la había perseguido, cómo le había asegurado que no estaba jugando y cómo había estado a punto de cerrarle la puerta en las narices hacía poco más de una hora.

Todo empezó a dar vueltas a su alrededor y le fallaron las piernas.

Por suerte, el camarero consiguió agarrarla con una mano mientras sostenía la bandeja con la otra.

–¿Está bien, señora?

El ruido de los aplausos le retumbaba en los oídos. Era como si todo el mundo se estuviese riendo de ella.

–Señoras y señores, Davis Brodrick –oyó a lo lejos.

Phoebe trató de pensar con claridad.

Se había acostado con ella un millón de veces, pero no se había molestado en decirle su verdadero nombre. ¿Acaso tenía intención de decírselo algún día? ¿Sería ella la única que no lo sabía?

Y ella que pensaba que tenía la situación bajo control. Había sido una pobre tonta.

Miró a su alrededor y se dio cuenta de que tenía que salir de allí cuanto antes. Echó a andar hacia la salida en el mismo instante en que Pace la vio entre la multitud. Vio el cambio que experimentó la expresión de su rostro.

Phoebe esperaba que siguiera en el escenario porque no podía enfrentarse a él. Estaba tan aturdida que no sabría qué decirle.

Pero entonces lo vio bajar del escenario y en un segundo lo tenía delante, ante la mirada curiosa de todos los presentes.

Ella se había quedado helada, pero Pace la agarró del brazo y se la llevó a un lugar más tranquilo, lejos de las miradas.

Se oyeron muchos murmullos y luego la voz de Nicholas Brodrick pidiendo disculpas y rogando que tuvieran paciencia.

–¿Qué haces aquí? –le preguntó en cuanto la tuvo arrinconada contra un muro de ladrillos, con una mano a cada lado de su rostro.

Phoebe sintió ganas de echarse a reír. Aquello era el mundo al revés.

–Yo… no lo sé –había ido a verlo, a esperarlo–. Lo único que sé es que tengo que irme.

Se agachó para salir corriendo, pero él la agarró.

–Iba a explicártelo –aseguró Pace.

–Entonces te he ahorrado tiempo viniendo aquí.

–Yo no te he mentido. Soy Pace Davis –frunció el ceño–. Fue una decisión de negocios que tomé hace años.

–¿Entonces yo era parte de los negocios? –le preguntó, siguiendo su lógica.

Él apretó los labios.

–Es una historia muy larga y complicada.

–Todos tenemos esas historias, pero yo no te oculté la mía.

Desde luego era mucho más duro hablar de su pasado que admitir que era millonario que, por algún motivo, quería esconderse bajo otro nombre. Jamás se había sentido tan traicionada.

–¿Qué significa todo esto, Pace? ¿Quién eres?

La miró unos segundos a los ojos antes de respirar hondo y comenzar a hablar.

–Soy el hijo pequeño de Nicholas Brodrick, padre, fundador de Brodricks Prestige Cars. Cuando mi padre murió nos dejó la propiedad de la empresa a mi hermano, Nick, y a mí, pero yo debía ocupar el cargo de presidente. A Nick no le gustó y a mí tampoco del todo. Me encantaba una parte del negocio: los coches, los viajes, la ingeniería y todos los demás aspectos técnicos. Pero no me gustaba la idea de supervisar las finanzas y las inversiones, ése era el fuerte de Nick.

Phoebe apretó los labios para contener un sollozo. Había creído conocerlo bien, en realidad no sabía nada de él. Había estado acostándose y compartiéndolo todo con un completo desconocido, con un hombre que se ocultaba bajo una máscara.

–¿Por qué no me contaste antes todo esto?

Pace la miró con gesto angustiado y continuó sin responder a su pregunta.

–Hace tres años, me marché de la empresa y Nick se hizo cargo de todo. Hoy me he enterado que la compañía vuelve a tener graves problemas y, si queremos que los supere, Nick y yo tenemos que trabajar juntos.

Phoebe trataba de comprender.

–Pero, ¿por qué te cambiaste el nombre?

Lo vio titubear un momento, con gesto sombrío.

–Me marché de la empresa después de cometer un gran error. Necesitaba esconderme de la prensa, así que me cambié el nombre y me marché al extranjero –hizo una nueva pausa–. Ahora ya lo sabes todo.

No, no todo.

Ni mucho menos.

–¿En qué nos afecta todo esto a ti y a mí?

–En nada, todo sigue igual –aseguró y luego bajó un poco la mirada–. Excepto que ahora tendré que pasar más tiempo en el trabajo hasta que las cosas vuelvan a su cauce.

–¿Cuánto tiempo durará eso?

–Un año, quizá dos. No lo sé –respondió con impaciencia–. ¿Acaso importa?

–A mí, sí.

–¿Crees que debería tirar por la borda todo el esfuerzo de mi padre y dedicarme a jugar a las casitas?

–¿Eso es lo que estábamos haciendo, jugar a las casitas?

Pace cerró los ojos, exasperado, y se llevó la mano a la frente. Finalmente retiró la mano y la miró fijamente.

–Hay mucha gente esperándome. No voy a discutir. Esto es lo que soy, Phoebe, un hijo y un hermano a punto de afrontar el mayor reto de su vida. No pienso parar hasta conseguir el éxito –frunció el ceño–. ¿Comprendes lo importante que es para mí?

Phoebe asintió lentamente. Todo en él emanaba determinación. Su vida había sufrido un cambio radical que a él parecía gustarle. No solo le estaba diciendo que la decisión ya estaba tomada, sino que ahora tenía otras prioridades.

De pronto asomó la cara de Nick Brodrick, el hermano de Pace... ¿o de Davis? Quería saber cuándo pensaba volver.

–Ahora mismo voy –prometió Pace.

Nick saludó a Phoebe con un gesto cordial antes de volver a marcharse. Solos de nuevo, Phoebe tuvo la impresión de que no quedaba nada más que decir.

En realidad siempre había sabido que aquello acabaría, pero eso no significaba que resultara menos doloroso.

Pace se sacó las manos de los bolsillos, pero no se atrevió a tocarla.

–Escucha –le dijo con voz más comprensiva–, los dos estamos muy tensos. Esta situación se va a prolongar durante un tiempo. Voy a tener que trabajar mucho, viajar al extranjero constantemente, y tú tienes tu programa, que está siendo un éxito.

Al mirarlo a los ojos, Phoebe sintió que se le rompía algo por dentro.

–¿Qué tratas de decirme?

–Es demasiado complicado. Quizá deberíamos tomarnos un descanso durante un tiempo.

Tuvo la sensación de que el suelo se le escapaba bajo los pies y que la vida se le iba del cuerpo. Pero había madurado mucho en las últimas semanas y había descubierto una fuerza en su interior que desconocía. Por ello, tenía que darle las gracias a Pace. Si aquello se acababa, al menos le quedaría eso. Si iban a despedirse, lo haría con elegancia. Sin dramas.

Levantó bien la cara y consiguió sonreír.

–Quizá sea mejor así.

Él abrió los ojos de par en par antes de bajar la cabeza.

–Comprendo… –tomó aire–. Bueno… te llamaré.

Observó detenidamente su rostro. Nunca lo olvidaría, aunque le estuviera rompiendo el corazón en mil pedazos. Habían vivido algo maravilloso juntos y quería desearle lo mejor. Él había cambiado en las últimas semanas, y ella también.

–Me alegro de que te haga ilusión empezar a ser tú de nuevo.

Las palabras de Phoebe consiguieron suavizar un poco la mirada de Pace.

–No soy una persona completamente nueva –dijo, sonriendo ligeramente–. Seguiré teniendo mi moto.

Ella sonrió también, aunque algo se le moría por dentro.

–Entonces supongo que nos veremos.

Pace bajó la mirada hasta sus labios, le puso una mano en la mejilla, ella se estremeció pensando que iba a besarla por última vez. Conservaría aquel beso en la memoria para siempre.

Pero en lugar de besarla en la boca, le besó la frente y, aunque Phoebe se sintió decepcionada, se empapó del poder liberador de su caricia. Y cuando se alejó de ella, la invadió una curiosa paz.

Nunca había estado tan segura de nada. Fuera cual fuera su nombre, Phoebe sabía que amaba a Pace. Lo amaba con toda su alma y mucho se temía que siempre lo amaría.

Capítulo Trece

Una semana después, Phoebe seguía aturdida.

Había actuado con madurez, había aceptado lo inevitable, pues sabía que de nada habría servido aferrarse a él cuando era evidente que su pasión por ella se había apagado. Pero habría sido tan fácil ir en su busca y explicarle que estaba convencida de que podrían solucionar las cosas; solo necesitaba un poco de tiempo para olvidarse de lo humillante que había sido descubrir que le había ocultado su verdadera identidad durante todo el tiempo que habían estado juntos.

Eso era lo que habría hecho su madre.

Porque su madre se había enamorado desesperadamente de aquel hombre y, en esa situación, era muy difícil pensar con claridad y ser fuerte.

Quizá Phoebe fuera más fuerte que su madre, sin embargo ni siquiera podía imaginar que pudiera dejar de sentir la angustia que ahora la comía por dentro ante la idea de no volver a estar con él. Que pudiera dejar de amarlo algún día. Desde luego no tenía la menor intención de ir tras él, por mucho que su parte más débil se lo suplicara a gritos.

Hasta ese momento, Phoebe no se había dado cuenta de lo furiosa que estaba con su madre. Nunca dejaría de desear que su madre siguiera viva, pero por fin la había perdonado. El amor, en cualquiera de sus formas, era la fuerza más poderosa del mundo. Podía lanzar a una persona a lo más alto, pero también dejarla caer y romperla como un jarrón de cristal.

En los últimos días se había entregado de lleno al trabajo y había dedicado las tarde a ver a sus amigos. Se había empeñado hasta tal punto en ocultar su dolor, que ni siquiera su mejor amiga, Roz, sabía lo que estaba sufriendo por «ese hombre de la moto con el que salías».

Iba por el pasillo de los estudios cuando una voz la hizo detenerse en seco.

—¿Dónde has estado? ¿Otra vez de tertulia en la sala de maquillaje?

Phoebe se dio media vuelta para enfrentarse a la habitual arrogancia de su jefe, lo último que necesitaba después de una semana sin apenas pegar ojo.

—¿Qué quieres, Steve?

—Estás teniendo muy buenas audiencias.

Phoebe lo miró, boquiabierta.

—¿Eso es un cumplido?

—Hemos decidido añadir otro presentador al programa para darle un aire nuevo.

—Envíame los detalles —se limitó a decirle.

—También habrá que revisar tu contrato y ajustarlo a las nuevas condiciones, puesto que vas a tener menos trabajo.

—¿Me estás diciendo que como el programa va tan bien, me vas a bajar el sueldo?

Steve meneó la cabeza.

–Esperaba que no te pusieras difícil.

Estaba tan cansada, que tenía intención de asentir y dejar que se saliera con la suya, pero ya estaba harta de aguantar. Era una profesional y no iba a permitir que Steve siguiera tratándola así. Podía ir a quejarse a la dirección de la productora, incluso acusarlo de acoso laboral. No sabía muy bien qué pretendía conseguir, lo que sí sabía era que ningún trabajo compensaba aquella angustia.

–Te quiero en mi despacho a las seis –le dijo mientras se alejaba ya, con su contrato en la mano.

Phoebe respondió con una dureza que le salió de manera natural.

–A las seis tengo otro compromiso.

No iba a dejar que siguiera pisoteándola como un felpudo. Si era lo bastante fuerte para alejarse del hombre al que amaba, sin duda podría enfrentarse a aquel cretino.

–Voy a ser muy claro –Steve se volvió hacia ella y la miró con gesto amenazante–. Si no estás allí a las seis, no te molestes en venir a trabajar mañana.

Se le estaba agotando la paciencia. Desde que había roto con Steve, se había convencido a sí misma de que no tenía otra opción que aguantar sus desplantes, pero claro que la tenía, y cada vez le resultaba más atrayente.

Con la mirada clavada en el contrato, extendió la mano para que se lo diera, cosa que Steve hizo de inmediato e incluso le proporcionó un bolígrafo. Phoebe le hizo un gesto para que se acercara y, tras un momento de sospecha, él lo hizo y dejó que se apoyara en su pecho.

Sintió el calor de su mano cerca de la cadera y casi le provocó náuseas recordar sus caricias. Cuánto se alegraba de haberlo dejado.

–¿Ves como no era tan difícil? –le preguntó él mientras escribía.

–Mucho más fácil de lo que pensaba, la verdad –dijo ella y terminó con un punto que le clavó en el pecho.

Steve pegó un respingo.

–Me has hecho daño.

–Perdón.

Después de dedicarle una mirada de desprecio, Steve buscó su firma con la mirada y, al ver lo que había escrito, empezó a hiperventilar.

–¿Qué… qué es esto?

–Voy a ser muy clara –anunció Phoebe con sorna, al tiempo que le guardaba el bolígrafo en el bolsillo de la camisa–. Dimito.

Esa noche, Pace y Nick se sentaron en el despacho del nuevo copresidente y estudiaron las cifras de venta y las previsiones para el siguiente año.

Pace estaba muy nervioso, pero no por culpa de todos aquellos números; de hecho parecía tener más tolerancia hacia la economía que hacía unos años. Estaba tenso porque no podía dejar de pensar en Phoebe. En cómo se habían despedido y en lo mal que se había sentido después.

Le había dicho que la llamaría, pero no lo había hecho porque el mensaje que había visto en sus ojos no había dejado lugar a dudas. No quería tener nada que ver con él después de enterarse de que le había mentido desde el principio. Desde entonces no había tenido un momento libre, así que había llegado a la conclusión de que quizá no hubiera sido tan malo romper con ella.

Pero claro que lo había sido.

–¿Otra vez estás pensando en tu chica?

Pace levantó la mirada del informe y vio el gesto preocupado de su hermano.

–No es mi chica, Nick. Ya no.

–Siento que no haya salido bien. Es evidente que te gustaba mucho.

–Ya sabes lo que dicen: estuvo bien mientras duró –afirmó a pesar de la punzada que sentía en el pecho al pensar en no estar con ella.

–Por lo que me has contado, aún no comprendo por qué habéis roto.

–No empieces, Nick –no estaba de humor para un sermón de hermano mayor.

–Tranquilo. Lo único que te digo es que si lo que tenías con Phoebe es la mitad de bueno de lo que yo tengo con Amy, eres un idiota por dejar que se te escape.

–Te olvidas de que fue Phoebe la que me hizo saber que se alegraba de dejarlo –bien era cierto que había sido él el que había sugerido que se tomaran un descanso.

Tenía un trabajo que hacer y no quería volver a

estropearlo todo. Pero siempre recordaría todas las noches que habían pasado juntos, cómo con solo mirarla a los ojos, había sabido que era suya. Sin condiciones.

Pero eso ya había pasado.

–Se acabó, ahora estoy concentrado en el trabajo –se llevó la mano a la sien para intentar calmar un molesto dolor de cabeza–. Además, ella ya no podría volver a sentir lo mismo –o a mirarlo como antes.

–Porque no confía en ti –dedujo Nick.

Pace asintió con pesar.

–Entonces solo tienes que convencerla de que puede confiar en ti y sé por experiencia que es algo que se puede hacer. Y no esperes a hacerte viejo para hacerlo. Hay muchas mujeres en el mundo, pero solo una es la mujer perfecta para ti –Nick dio un largo sorbo de café antes de añadir–. ¿Quieres un consejo?

A punto estuvo Pace de decirle que ya había oído suficiente, la fuerza de la costumbre. Pero al ver la sinceridad que reflejaba la mirada de su hermano, se relajó y asintió.

–Dispara.

–Si has encontrado a esa mujer, busca la manera de solucionarlo. Admite que cometiste un error al dejarla marchar. Recupérala y, lo que es más importante, que no se te vuelva a escapar.

Capítulo Catorce

En el mundo de la televisión, las noticias corrían como la pólvora.

Al día siguiente de dimitir, cuando se sentía todavía algo perdida pero muy satisfecha consigo misma, Phoebe había recibido una llamada de otro canal. El productor ejecutivo le había explicado que estaban a punto de lanzar un nuevo programa en el horario de máxima audiencia y querían que lo presentara ella. Al oír las condiciones del contrato, Phoebe había estado a punto de pensar que era una broma. ¿De verdad la gente ganaba tanto dinero?

Sin embargo no había aceptado. Necesitaba un tiempo para pensar y recuperar fuerzas. Después de todo lo que había soportado en Goldmar, había decidido aprovechar el coche al menos durante una semana antes de devolverlo, y la mejor manera que se le ocurrió de disfrutarlo fue yéndose a Tyler's Stream. No sabía muy bien a qué iba, además de a escapar de todo, pero lo había descubierto nada más llegar allí. Quería volver después del cambio que había vivido, convertida en otra persona. Quería dedicar un poco de tiempo a recordar a su madre de una manera distinta… como una mujer que se había enamorado locamente y había querido que la correspondiesen.

Algo que ahora comprendía muy bien.

Después de llegar tarde la noche anterior, se había metido en la cama y había dormido de un tirón hasta las diez de la mañana, lo que le había servido para recargar por completo las baterías. Ahora estaba lista para la siguiente fase de su vida. Mientras se duchaba pensó en lo fuerte que podía ser y se aseguró a sí misma que en tres meses, se habría suavizado el dolor de perder a Pace y ya no le costaría tanto soportarlo. Solo tenía que dar un paso después de otro y tomarse las cosas con calma.

Le iría muy bien pasar allí unos días de tranquilidad, una semana como máximo, porque la tía Meg no tardaría en volver y quería aceptar ese nuevo trabajo antes de hacerla preocupar.

Se puso unos pantalones de cintura baja, una blusa de flores y se recogió el pelo en una cola de caballo. Mientras desayunaba no pudo evitar recordar la increíble noche que había pasado allí con Pace. La noche en la que había dado el gran salto y había conseguido dejar atrás todas sus inseguridades respecto al sexo. Había cambiado los nervios por la curiosidad en cuestión de minutos.

Parecía que hubiera pasado una eternidad desde aquella noche gloriosa.

Quizá le sentara bien salir a dar un paseo con el perro y sentir el olor a lluvia del campo. Diez minutos después, se descubrió sonriendo al ver a Hannie dirigiéndose hacia su árbol. El aroma del arroyo y de la hierba le resultó reconfortante y le recordó un tiempo en el que había disfrutado de aquel paraje cubierto de flores blancas. Recordó también el día en que había tallado el corazón en el tronco del árbol. Había tenido la certeza de que la magia existía y que, tarde o temprano, encontraría el amor. Claro que también había creído que, si lo deseaba lo bastante fuerte, su madre volvería algún día.

Pero su percepción de la realidad había ido cambiando con el paso de los años, de la realidad y del amor. Desde los trece años, no había vuelto a tocar aquel corazón.

Ahora se llevó la mano al bolsillo y sacó el papel que se había guardado antes de salir. La lista de deseos.

Mientras el viento jugueteaba con su pelo, leyó de nuevo aquellos deseos, especialmente el primero. Había querido encontrar al hombre perfecto y lo había hecho. A pesar del dolor que suponía el haber roto para siempre con él, no podía lamentarse de lo que había vivido a su lado. Pace había sido el catalizador que había provocado todos aquellos cambios en su interior. De manera indirecta, la había ayudado a perdonar. Y por eso le estaba tan agradecida.

Apretó la lista entre las manos y, con los ojos cerrados, rezó para ser fuerte. Después rompió el papel en mil pedazos que se llevó el viento ante sus ojos, llenos de lágrimas.

¿Qué iba a hacer ahora?

Podría intentar pensar que la magia la encontraría, pero lo cierto era que no se imaginaba besando a otro y amando a otro que no fuera Pace. Nadie podría abrazarla de ese modo, ni hacerle sentir tanta alegría. No era solo el sexo, lo más importante era la increíble conexión que había habido entre los dos. Había encontrado a esa persona a la que podría haberse pasado el resto de su vida descubriendo.

Se secó una lágrima mientras empezaba a caminar de nuevo, pero apenas había dado unos pasos cuando algo atrajo su atención y sintió la necesidad de volverse a mirar. Hannie estaba corriendo en círculos y saltando sobre un lecho de flores blancas. Phoebe arrugó el ceño. No podía ser. No era primavera, el invierno estaba a punto de empezar.

Se tapó el sol con la mano para ver mejor, así pudo vislumbrar una enorme caja de cartón junto al árbol, una caja de la que un hombre estaba sacando flores que luego lanzaba al aire, un puñado tras otro, convirtiendo el paisaje en un lugar de ensueño. Se fijó de nuevo en el hombre y, al hacerlo, el corazón le dio un vuelco dentro del pecho.

¿Pace?

Una vez hubo vaciado el contenido de la caja, fue hasta ella y la miró con una sonrisa en los labios.

–Sorpresa –anunció con esa voz tan increíblemente sexy.

Phoebe se vio invadida por una cálida sensación, pero no quiso ponérselo tan fácil. Después de todo, ni siquiera había intentado ponerse en contacto con ella en toda la semana.

–¿Qué haces aquí?

–He oído que le dijiste un par de cosas a Trundy y dejaste los estudios. Quería darte la enhorabuena.

–No creo que hayas venido hasta aquí a decirme eso.

Si creía que iba a volver a seducirla así de fácil, estaba muy equivocado. Lo amaba más que a su propia vida, pero también se respetaba a sí misma y eso era sagrado para ella. Le habría dolido menos que le clavaran un cuchillo en el corazón que lo que le había dolido dejarlo marchar y luego tener que resistirse al deseo de ir tras él y echarse a sus pies. Pero lo había conseguido y ahora no pensaba entregarse de nuevo a él solo para que volviera a abandonarla a la primera de cambio.

Pace no tenía la menor idea de lo mal que la había hecho sentir aquella noche. De lo humillante que había sido sentir que era totalmente prescindible para él.

Sin embargo en aquel momento la miraba como si no existiera nada más en el mundo, era una mirada tan ardiente, tan convincente.

Phoebe puso la espalda bien recta.

–Cuando me fui aquella noche –comenzó a decir él, acercándose un poco más– pensé que estaba haciendo lo mejor. Sabía que iba a tener que trabajar mucho para volver a poner la empresa en orden, que iba a estar muy ocupado. Y de hecho lo estoy. Tú mereces alguien que esté ahí siempre que lo necesites, al cien por cien.

Sintió un nudo en la garganta del tamaño de un puño. Aquello era una verdadera tortura.

–Muchas gracias por venir a aclarármelo.

Pace alargó la mano y se la puso en el brazo. El primer instinto de Pace fue suspirar y acurrucarse contra él, pero entonces recordó a su madre y lo abandonada que se había sentido ella después de descubrir quién era en realidad.

–Phoebe, tenemos que hablar.

–No hay nada más que decir.

–Tómate un minuto, por favor.

–Necesito seguir adelante con mi vida.

–Volvamos a la casa, allí estaremos más a gusto.

Phoebe dio un paso atrás para huir de su mano.

–Pace, sea lo que sea lo que tengas que decir, dilo ya.

Él la observó durante unos segundos, con una intensidad que bastaba para provocarle escalofríos. Quizá hubiera ido a pedirle perdón, pero no era ningún tonto y sabía que contaba con su atractivo como herramienta y con el deseo que despertaba en ella. Pero debería haberlo pensado antes, mientras llevaba una doble vida a sus espaldas, antes de decirle que dejaba de lado su relación con ella porque le había surgido algo importante.

–Cometí un error, Phoebe –declaró–. Me cuesta mucho admitirlo, no estoy acostumbrado a admitir mis equivocaciones. Debería haberlo hecho cuando mi padre murió y acepté el cargo de presidente; debería haberle pedido ayuda a Nick y haberle confesado que no estaba preparado para dirigir la empresa. Pero era demasiado orgulloso. Creía que lo peor que podía hacer era mostrar debilidad.

Phoebe frunció el ceño, pensando que siempre lo había considerado muy seguro de sí mismo.

—Es absurdo —dijo ella.

—Tan absurdo como que tú tengas que encontrar al hombre perfecto solo para demostrarte algo a ti misma —le tomó ambas manos entre las suyas—. ¿Es que no te das cuenta de que eres la mujer más bella y sexy del mundo?

Una cálida emoción le invadió el alma y le humedeció los ojos, pero contuvo las lágrimas. Debía mantener la cabeza fría y recordar que estaba ante un consumado seductor. Era capaz de cualquier cosa con tal de conseguir lo que se proponía. Incluso fingir que estaba sincerándose.

Intentó apartar una mano, pero él no le dejó hacerlo.

La rabia y el deseo la consumían por dentro.

—Si crees que puedes convencerme para volver a tu cama ahora que se ha enfriado…

—Lo que trato de decirte es que tú y yo tenemos mucho en común, algo muy humano. Todo el mundo duda de sí mismo alguna vez y a nadie le gusta reconocerlo. Yo soy realmente como soy estando contigo, qué más da si es Pace o Davis. Quiero que me vaya bien en los negocios, igual que tú quieres tener éxito en tu profesión. Pero aún te quiero más a ti, mucho más. Quiero estar contigo y creo que tú también lo quieres.

¿No podía apiadarse de ella y marcharse? Aunque algo muy poderoso la atrajera hacia él y le pidiera a gritos que lo perdonara.

–Pace, tú no tienes la menor idea de lo que quiero –ni siquiera ella lo sabía ya.

–Quieres pasión y alegría –dio un paso más y se llevó su mano a los labios–. Quieres amor y compromiso.

De sus ojos se escapó una lágrima. Si le decía todo eso solo para acostarse con ella, estaba yendo demasiado lejos.

Estaba a punto de decírselo cuando vio algo a través de las lágrimas. Era el brillo de una piedra preciosa que salía de la cajita de terciopelo que Pace tenía en la mano.

–Nunca debería haberme alejado de ti –admitió, acercándose a besarle la oreja.

Siguió besándole el cuello y Phoebe se sentía cada vez más incapaz de resistirse.

–Esta semana me he dado cuenta de que eres la persona ideal para mí y, si puedes volver a confiar en mí, admitirás que me amas tanto como yo a ti.

Ya no pudo seguir conteniendo las lágrimas y rompió a llorar sobre su pecho. ¿Podía creerlo? ¿Alguna vez su padre le habría dicho algo así a su madre?

Pero Pace tenía un anillo en la mano. El anillo más hermoso que había visto nunca.

Le tomó el rostro entre las manos y la miró a los ojos con un atisbo de esperanza.

–No tengo una varita mágica, ojalá la tuviera. Aquel día, mientras me despedía de ti, sabía que estaba cometiendo el peor error de mi vida. No pienso volver a dejarte escapar. Cásate conmigo, Phoebe

–susurró contra sus labios–. Sé mi esposa, mi compañera, acompáñame en los buenos y en los malos momentos. Y te prometo que seremos más felices que nadie en el mundo.

Cuando sintió su boca sobre los labios, Phoebe tuvo la sensación de que se habría ante ella una cueva mágica llena de tesoros que podrían ser suyos.

Si decía que sí.

Si realmente era para siempre.

Volvió a besarla con mas fuerza. Phoebe solo podía ver aquellas flores blancas volando a su alrededor… hasta que las lágrimas de felicidad lo invadieron todo y se dio cuenta de que solo había una respuesta posible.

Pace apoyó la frente en la suya y esa vez no le habló a los ojos, sino a su alma.

–Soy capaz de dirigir una empresa y de diseñar un coche, pero lo que realmente quiero, lo que necesito más que nada en el mundo es pasar el resto de mi vida contigo. No permitas que esta última semana estropee todo lo que tenemos.

Phoebe sí lo miró a los ojos.

–¿Qué es lo que tenemos?

–Phoebe, mi amor, nos tenemos el uno al otro.

Levantó la cara y aguardó su beso, pero al ver que no llegaba, abrió los ojos y se encontró con su mirada azul.

–¿Me crees?

–Sí –suspiró ella–. Te creo.

En el rostro de Pace apareció una sonrisa que lo iluminó todo.

–¿Me amas al menos la mitad de lo que yo te amo a ti?

–Mucho más que eso –era como si siempre lo hubiera amado.

–¿Entonces te casarás conmigo?

–Mañana mismo, si tú quieres –afirmó ella, riéndose.

–Porque si tienes alguna duda, puedo enseñarte algo que quizá te convenza.

La acercó al tronco del árbol y le mostró el corazón que ella misma había dibujado de niña. Un instante antes de sellar su amor eterno con un beso, Phoebe leyó con increíble alegría lo que había escrito dentro

Davis Brodrick
ama a
Phoebe Moore

Los mejores sueños

CATHERINE MANN

Los habitantes de Vista del Mar estaban a punto de pagarlo caro. Rafe Cameron había hecho fortuna y había vuelto para saldar viejas deudas, pero no había contado con encontrarse con Sarah Richards, su novia del instituto, que estaba decidida a evitar que perjudicase a media ciudad.

Divertido al ver a Sarah convertida en benefactora, Rafe decidió escuchar sus ruegos. Aunque ni consiguiendo deshelarle el corazón iba a hacer que cambiase de planes. Hasta que una inesperada revelación lo cambió todo.

Voy a tomar las riendas

¡YA EN TU PUNTO DE VENTA!

Acepte 2 de nuestras mejores novelas de amor GRATIS

¡Y reciba un regalo sorpresa!

Oferta especial de tiempo limitado

Rellene el cupón y envíelo a
Harlequin Reader Service®
3010 Walden Ave.
P.O. Box 1867
Buffalo, N.Y. 14240-1867

¡Sí! Por favor, envíenme 2 novelas de amor de Harlequin (1 Bianca® y 1 Deseo®) gratis, más el regalo sorpresa. Luego remítanme 4 novelas nuevas todos los meses, las cuales recibiré mucho antes de que aparezcan en librerías, y factúrenme al bajo precio de $3,24 cada una, más $0,25 por envío e impuesto de ventas, si corresponde*. Este es el precio total, y es un ahorro de casi el 20% sobre el precio de portada. !Una oferta excelente! Entiendo que el hecho de aceptar estos libros y el regalo no me obliga en forma alguna a la compra de libros adicionales. Y también que puedo devolver cualquier envío y cancelar en cualquier momento. Aún si decido no comprar ningún otro libro de Harlequin, los 2 libros gratis y el regalo sorpresa son míos para siempre.

416 LBN DU7N

Nombre y apellido	(Por favor, letra de molde)
Dirección	Apartamento No.
Ciudad	Estado	Zona postal

Esta oferta se limita a un pedido por hogar y no está disponible para los subscriptores actuales de Deseo® y Bianca®.
*Los términos y precios quedan sujetos a cambios sin aviso previo.
Impuestos de ventas aplican en N.Y.

SPN-03 ©2003 Harlequin Enterprises Limited